冬の狩人(上)

大 沢 在 昌

幻冬舎文庫

冬の狩人

(上)

主要登場人物一覧

佐江	警視庁新宿署組織犯罪対策課警部補。現在は休職
川村芳樹	H 県警刑事部捜査一課巡査
阿部佳奈	冬湖楼事件の重要参考人
仲田	H 県警刑事部捜査一課長
高野	H 県警刑事部長。一年前に警察庁から異動
石井	H 県警刑事部捜査一課。川村の二つ年上の先輩
元倉	西新宿 8 丁目のガンショップ「AIM」のオーナー
毛	3 年前の中国人連続殺人事件で捜査に協力した中国人
野瀬由紀	外務省アジア大洋州局中国課。中国人連続殺人事件で捜査に協力
用宗佐多子	「モチムネ」会長。創業者の未亡人
用宗源三	「モチムネ」社長。佐多子の息子
用宗悟志	「モチムネ」東京支社長。源三の息子
河本孝	川村の高校時代の同級生。「モチムネ」勤務
高文盛	電子部品メーカー「大連光電有限公司」CEO
米田	指定広域暴力団「東砂会」の二次団体「砂神組」の幹部

1

H県警察本部のホームページに、未解決重要事件の情報を受けつけるメールボックスが設けられたのは二年前のことだ。

県内第三の都市、本郷市の料亭で起こった殺人事件が、発生から一年経過するも、容疑者の特定すらできていないことから、設けられた。

同様の、未解決重要事件の情報を求めるメールボックスは、他の県警察本部ホームページにもある。メールボックスに寄せられた情報のチェックは、各県警の捜査一課がおこなう。

H県警の捜査一課では、川村芳樹巡査がそれにあたっていた。川村は本郷市の高校を卒業後、東京の情報処理専門学校に進学し、都内で二年間の会社員生活を経て地元に戻った。

第二の就職先になったのが、H県警察だった。県警察学校を経て、巡査を拝命したのが二十五歳と、通常よりは遅かったものの、頑健な体と強い好奇心をもって職務にあたった結果、三年で刑事に抜擢され、さらにそれから二年で捜査一課に配属された。

メールボックスのチェックは、一課の新米刑事の仕事で、川村が配属されるまでは二歳上の石井がその役目を負っていた。

石井の話では、メールボックスが設けられた二年前は、毎日のように情報が寄せられていたという。その大半は、本郷市で起こった事件とは無関係の、近隣に対する苦情や警察への要望で、事件解決に多少なりともつながるかもしれないと感じたのは、二十件に一件程度で、当たった結果、すべて空振りだった。

川村がチェックを始めてからは、苦情、要望以外のメールは一件も届いたことがなかった。

その朝も、川村は出勤するとすぐ、デスクのパソコンを立ちあげ、メールボックスをチェックした。捜査一課の新米には、お茶汲みの仕事も課せられるため（その日最初の一杯だけだが）、通常川村は十五分早くでて、メールチェックをおこなうことにしていた。

メールが一通、届いていた。何の期待もせず、開いた。

一読した川村は腰を浮かせた。課内を見回したが、誰もまだ出勤していない。

メールは、事件直後から重要参考人として捜査本部が行方を捜していた人物を自称する者からだった。出頭し、事件の詳細について話したい、とあった。

川村の次に出勤してきたのは石井だった。メールを見せると、石井も驚いた顔をした。

「本物かな」

「わかりませんが、名前はまちがっていませんよね」

メールの差出人は「阿部佳奈」となっていた。三名が撃たれて死亡、一名がいまだに昏睡中という被害のあった事件で、唯一、現場から姿を消しているのが「阿部佳奈」だった。

事件発生当時、三十二歳。死亡した被害者のひとりで、東京の虎ノ門に事務所をもつ弁護士上田和成の秘書である。事件当日、上田とともに本郷市を車で訪れ、現場となった料亭「冬湖楼」に入店する姿を、何人もの人間が見ている。

冬湖楼は、昭和三十年代に建てられた木造三階だての洋館風の建造物で、本郷市では最も高級な料亭として知られていた。

その冬湖楼三階、「銀盤の間」には、五人の客がいた。

予約は午後六時から入っていたが、会食のスタートは午後七時で、それまでは最初の茶の給仕以外は、仲居も一切、部屋に近づかないよう、予約時に求められていた。

料理を運んでほしいときは内線電話で連絡をする。それまでは、三階に人をあげないでもらいたい、というのだ。

求めたのは、冬湖楼を予約した大西義一だった。大西は、県最大の企業「モチムネ」の副社長である。

モチムネは特殊な計測機器のメーカーで、有するパテントによって、世界市場の三割を占めていた。本社は本郷市、工場が県内各所にあって、従業員の総数は八千人で、これは本郷市の人口の十分の一に近い。

つまり本郷市はモチムネの企業城下町で、冬湖楼も、モチムネ関係者による利用があればこそ、営業をつづけてこられたのだ。したがって、そのモチムネの副社長の要望に反することは、とうてい考えられない。

午後七時三十分になっても、だが「銀盤の間」からの電話はなかった。会議が長びいているのだろうと冬湖楼側は考え、連絡を待った。ただ五人の客のうち、ひとりは食事をせずに七時には帰ることになっていて、専用の車も待機していた。その客とは、本郷市の市長、三浦英臣（ひでおみ）である。七時四十分、三浦の秘書が「銀盤の間」の内線電話を鳴らした。応答はなかった。

十分後、市長秘書は三階にあがり、「銀盤の間」の扉をノックした。何度ノックしても返事はなく、秘書は非礼を詫びながら、扉を開いた。

大きな円卓のおかれた「銀盤の間」が血に染まっていた。四人が椅子や床に崩れ伏している。通報をうけ、救急車がただちにやってきたが、四人のうち三人は絶命しており、唯一、モチムネ副社長の大西義一、七十二歳だけが呼吸をしていた。が、頭部にうけた銃弾のせいで、三年たった今も意識を回復していない。

死亡していた三名は以下の通り。

本郷市長、三浦英臣、四十九歳。

東京虎ノ門、弁護士、上田和成、四十八歳。

兼田建設社長、新井壮司、五十二歳。

兼田建設は、県内最大手の建設会社で、社長の新井はモチムネの社長、用宗源三の義弟にあたる。用宗源三の妹、冴子の夫である。

三名の死者と意識のない大西義一以外、「銀盤の間」は無人だった。上田とともに冬湖楼を訪れた、秘書の女の姿はない。

県警は、ただちに本郷中央警察署に捜査本部をおき、事件の解明にあたった。

その結果、四名は全員、四十五口径の拳銃で撃たれ、旋条痕からすべて同一の銃であることが判明した。

四十五口径の拳銃は、太平洋戦争時、アメリカ軍が制式拳銃に採用したほどの大型拳銃であり、反動も大きく、使用に慣れない人間には、至近距離からでも命中させるのは難しいといわれている。

ふつうに考えれば、現場から唯一姿を消している阿部佳奈が、四人殺傷の容疑者だが、自衛隊や警察に勤務経験のない、三十二歳の女性が果たして、そこまでの凶行をおこなえるものか、捜査員は疑いを抱かざるをえなかった。

阿部佳奈がどのようにして姿を消したのかは、明らかになった。

古い建築物である冬湖楼には、火災に備え、あとづけの非常階段が外壁に設置されており、それを使って屋外にでたのだ。非常階段を降りると、冬湖楼裏手の庭園にでる。そこからは、建物の正面を通ることなく、ふもとに通じる道に降りられるのだ。

冬湖楼は、本郷市を見おろす高台にあり、そこに至る道路は、関係者しか使用しない。阿部佳奈は、その道路を使って逃走したと思われた。

さらに捜査が進むと、冬湖楼へとつながる道を走行するバイクを見たという証言者が現れた。時刻は午後六時過ぎ、被害者らが「銀盤の間」に入って、それなりの時間が経過した頃、ふもとから冬湖楼のたつ高台へと、バイクが登っていったというのだ。

日没後なので、バイクの型やナンバーはもちろん、フルフェイスのヘルメットをかぶったライダーの人相も不明だった。

当日、冬湖楼をバイクで訪れた者はおらず、このライダーが事件に関係している可能性は高かった。

捜査員の中には、このライダーこそが四人殺傷の犯人にちがいないと考える者も多かった。バイクで冬湖楼に近づき、庭園から非常階段を使って三階にあがり、「銀盤の間」を襲撃したのだ。阿部佳奈は共犯で、襲撃者を手引きし、犯行後、二人で逃走した。

使用された凶器を考えるなら、その線が濃厚と思われる。

阿部佳奈が襲撃者を手引きした理由は、金銭か、あるいは恨みか。いずれにしても、阿部佳奈の身辺を、捜査本部は徹底して捜査した。が、阿部佳奈と襲撃者の接点をうかがわせる材料は何も見つからなかった。

金銭的に困窮してはおらず、特に親しい交友関係にある男もいない。むしろ疑われたのは、雇い主である弁護士の上田の恋人である可能性だった。

上田とは長い時間を共に過ごしてはいた。が、阿部佳奈の周辺では、男女関係だったという噂（うわさ）は聞かれなかった。

都内の大学を卒業後、大手の法律事務所に就職し、五年勤務のあと、その事務所を独立する上田に引き抜かれるようにして勤務先をかえてはいるが、二人が関係していたという、確とした証拠はなかった。

ただ阿部佳奈の経歴は少しかわっていた。神奈川県の出身で、高校時代に両親を交通事故で亡くしている。妹がひとりいて、事故後、大学に進学した阿部佳奈は都内で妹と同居しながら、夜、水商売のアルバイトを始めた。

アルバイト先は銀座のクラブで、機転がきくことから人気もあり、経営者はずっと働きつづけてほしいと頼んだが、卒業後はきっぱり辞め、法律事務所に就職している。ちなみに、この法律事務所所長の弁護士は、そのクラブの客だった。

就職して二年め、妹が死亡して、阿部佳奈は天涯孤独の身になった。

妹の死因は薬物中毒死。事故・自殺、両方の可能性が疑われたが、捜査にあたった警視庁渋谷警察署は「事件性なし」の判断を下している。死亡時、妹は大学生で、渋谷のキャバクラでアルバイトをしていた。店で呼吸困難を訴えて倒れ、救急車で病院に運ばれたが、ほどなく息をひきとった。解剖の結果、当時はまだ規制をうけていなかった脱法ドラッグを常用していたことが判明した。

唯一の身よりであった妹を亡くし、阿部佳奈はかなり落ちこんだが、やがて元気をとり戻した。ただ、もともと人とのあいだに垣根を作る傾向にあった性格が、より強まったと周囲の人間は感じていた。雇い主である弁護士の上田は独身だったこともあり、阿部佳奈に好意を抱いていたようだが、男女関係になることは拒んでいたという。

いずれにせよ、現場からの逃亡は、事件への関与を示すものだと思われ、捜査本部は重要参考人として阿部佳奈を手配した。

が、それから三年が経過しても、阿部佳奈を発見することはできなかった。すでに死亡しているのではないかと考える捜査員もいた。

襲撃者の手引き後、口封じのために殺されたのではないか。あるいは逃走時、人質として連れだされ、用ずみになったので殺された。

冬湖楼のたつ高台には、人家のない山林がある。そこに死体を遺棄すれば、簡単には見つからない。

県警は機動隊を動員し、その山林の捜索もおこなった。が、死体はおろか、犯人の手がかりとなる物証も見つけられなかった。

県警が大規模な捜査をおこなったのには、もうひとつ理由があった。死亡した本郷市長の三浦英臣は、元警察官僚でH県警の幹部だった経歴があるのだ。

本郷市の市長は、三浦の前に四期つとめた人物も、かつての県警本部長だった。その前の市長も同様で、H県警の幹部をつとめたキャリア警察官が本郷市の市長に就任するという習わしがあった。もちろん選挙によって選ばれているのだが、モチムネの支援をうけた候補者に、対立候補が立つことすらまれという状況が、この三十年つづいていた。

三浦の死後おこなわれた市長選でも、キャリアでこそないが、元本郷中央警察署長が立候補し、初当選を果たした。

事件はこうして迷宮入りの可能性を示唆し始めた。そこに突然、重要参考人本人と称する人物からのメールが届いたのだ。

2

捜査一課に、ぞくぞくと刑事が出勤してくる。やがて一課長の仲田(なかた)も出勤してくると、川村はプリントアウトしたメールを見せた。

仲田は五十四歳で、H県の県庁所在地であるH市に生まれ育ち、三十六年、H県警につとめているベテラン警察官だ。

「本物か」

仲田も、石井と同じような言葉を発した。

「わかりません。発信者のアドレスは、携帯電話ではなく、インターネット喫茶等のパソコンでこしらえたもののようです」

川村は答えた。

「阿部佳奈の携帯は事件後一度も使われていません」

かたわらに立った石井が補足した。携帯が使用されていないことで死亡説が浮上したのだ。

「それでこの、佐江(さえ)という人物は何者だ」

全員が沈黙した。メールはこう始まっていた。

『突然、メールをさしあげます。わたしは冬湖楼事件で、皆さんがお捜しの阿部佳奈と申します。あの日、殺されるのを危うく逃れ、以来、恐怖と不安に怯える三年を過ごして参りました。

世間では、わたしが上田先生を含むお三方を殺害した犯人の仲間だと疑っておられる人もいるようですが、誓ってわたしは犯人とは無関係です。わたしが殺されずにすんだのは、たまたまあの部屋を離れていたからに他なりません。

トイレに立ち、叫び声が聞こえたので、ようすをうかがうと、ヘルメットをかぶった犯人が上田先生を撃つところでした。恐くてたまらなくなったわたしがふと見ると、非常階段の扉がそこにありました。

今となっては、なぜ階下に降りて、冬湖楼の人たちに知らせなかったのかと悔いるばかりですが、もしわたしがそうしていたら、犯人はその人たちにも銃を向けていたかもしれません。

わたしが非常階段を降り、庭園に隠れておりますと犯人が同じように非常階段を降りてきました。そして止めてあったバイクに乗り、逃げだしたのです。

しばらくのあいだ、わたしはその場から動けませんでした』

「この文面は、いちおう筋が通っています」

川村は捜査一課長の仲田にいった。外部の非常階段を使い、バイクで犯人が逃走したというのも、これまでに判明した捜査結果と一致する。

「それはそうさ。阿部佳奈が共犯だって同じことをいう。それ以外に逃走手段はないのだから」

石井がいった。メールはまだ先があった。

『警察の皆さまは、なぜそのとき、わたしが通報しなかったのかと不審の思いを抱かれると思います。ですが、理由がございます。

その理由とは、あの日、冬湖楼に上田先生、モチムネの大西副社長、兼田建設の新井社長が集まったことと関係があります。三浦市長は、上田先生と大学の同級生ということで、途中顔をだされ、すぐお帰りになる予定でしたので、たまたま巻きこまれたとしかいいようがございません』

「まちがいなく阿部佳奈本人ですよ」

川村はいった。三浦市長と上田弁護士が大学の同級生であったことを捜査本部はつきとめていたが、公表していない。

「だけど週刊誌が報道してなかったか。二人が同じ大学だというのは」

石井がいった。仲田は二人の顔を見やり、無言でメールのプリントアウトに目を向けた。

『お三方が集まられた理由について、ここに記すわけには参りません。残念ながらH県警察に対して、わたしは全幅の信頼を寄せる身ではないからです。ですがこのまま共犯の疑いを晴らさずにいるわけにも参らず、出頭し、わたしの知るすべてをお話ししようと決心いたしました。

ただ、犯人はまだ自由の身ですし、わたしの決心を知れば、襲ってこないとも限りません。そこでお願いがございます。

あるところでそのお名前を知り、この方なら、絶対に信頼できるという刑事さんがいらっしゃいます。その方による保護、同行が得られますものなら、わたしは出頭し、お話をいたします。

その方は、警視庁新宿警察署、組織犯罪対策課につとめておられる佐江警部補です。佐江警部補とわたしは面識がございません。ですが、佐江警部補なら、何があってもわたしを守ってくださる方だと信じられます。

どうか佐江警部補と連絡をとり、わたしを保護してくださるよう、伏してお願い申しあげるしだいです』

仲田は椅子に背中を預け、息を吐いた。

「我々が信用できないってのは、どういうことなんですかね」

石井がくやしげにいった。

「どうします、課長。この佐江という人に連絡をとりますか」

川村は訊ねた。

「俺の一存では決められない。刑事部長にあげてみないと」

仲田は答え、川村を見た。

「お前、この佐江という警部補について、本人に接触しないで調べられるか」

「新宿警察署のホームページとかは当たれると思いますが、ひとりひとりの情報については難しいかもしれません」

「そうだな。刑事の個人情報なんて簡単にはだせないからな」

「去年、研修で知り合いになった警視庁の人間がいて、確かそいつが今、新宿署の刑事課にいます」

石井がいった。

「連絡をとっているのか」

「ラインがつながってはいます。内緒で訊いてみますか」

「信用できるのか。それはつまり、この佐江という人物に、我々が興味をもっていることを秘密にしておけるか、という点でだが」

わずかのあいだ考え、石井は頷いた。

「できると思います。警視庁は大きすぎる、本当は地方の警察で働きたかったっていっているような奴でしたから」

「メールについては、一切口外無用だ。その上で、佐江という人物についてだけ、情報をとれるか」

「やってみます」

「川村は、このメールについて調べてくれ」

仲田は机上の内線電話に手をのばした。刑事部長は一年前に警察庁からきたキャリア警察官で、冬湖楼事件について詳しくは知らない。が、未解決重要事件なので、このメールを端緒に犯人を検挙できれば、大きな得点となる。この佐江という警部補に連絡をとれ、というような気が川村はしていた。

刑事部長がでると、仲田は時間をもらいたいと告げ、了承を得るや立ちあがった。メールのプリントアウトを手にしている。

「他に誰が知っている？」

「石井さんだけです」

川村が答えると、頷いた。

「当分、外には秘密だ」

捜査一課長の仲田が部屋をでていくと、川村と石井は自席に戻った。石井は早速、携帯電話を手にしている。

川村は、阿部佳奈を自称する人物のメールが、どこから発信されたのかをつきとめようと、作業を始めた。東京で二年間勤務したのが、ネットセキュリティの会社だったので、少しはそういう知識がある。

一時間後、仲田が戻ってくると、川村と石井を呼んだ。課をでて、使っていない取調室に入る。

「どうだ？」

「さっき返事がありました。この佐江という人は、現在休職中だそうです」

石井がいった。

「休職？」

「去年、高河(こうが)連合の連中と撃ち合いをして大怪我をしたそうです。退院後、ＦＢＩに研修にいき、その後はずっと休職しているとのことです」

仲田は眉をひそめた。

「ＦＢＩにまで研修にいって、休職とはどういうことだ？」

「これは噂だそうですが、本人は辞めたがっているのを、上がひきとめているみたいです」

「そんなに優秀だということか」

「わかりません。俺の知り合いは、おっかなくてほとんど話したことがない、といってました。なんでも、新宿の極道には、めちゃくちゃ嫌われているらしいです」

「そっちは？」

仲田は川村を見た。

「東京の荻窪にある『スペース』というインターネットカフェのパソコンから発信されたものでした。昨夜の午後九時十二分です」

川村は答えた。

「そうか。ではまたメールがくるな。このメールに我々がどう対処するか、反応を知りたいだろうからな。よし、東京にいってくれ。このインターネットカフェを見張って、阿部佳奈がきたら、身柄を確保だ」

仲田はいった。

勘は外れた、と川村は思った。刑事部長は佐江という警部補の協力を得ずに、事件を解決する道を選んだようだ。

だが阿部佳奈が、同じインターネットカフェを使わなかったら、どうするのだ。東京には、それこそ何百軒、もしかすると千軒近いインターネットカフェがある。そのときのことを課長は考えているのだろうか。

3

またただ。コーヒーショップのスタンドに並んだ佐江は舌打ちした。目の前のガラスケースに、自分と店の外に立つ若い男の姿が映りこんでいる。

入院生活とアメリカでのまずい飯のせいで、いくぶん痩(や)せはしたが、腹はあいかわらずつきでていて、この一ヵ月のばしたヒゲに交じった白髪のおかげで佐江はひどく年寄りに見える気がする。

それでもヒゲを剃(そ)らないのは、もう刑事ではない、と鏡を見るたびに自分に得心させるためだ。

なのに、本庁の監察かどこか知らないが、この二、三日、ずっと自分の行動確認(コウカク)をしている奴がいる。またそいつの尾行がからっぺたときていて、いらつくほどだ。

辞表はとっくに組対課長に提出した。受理されるのは時間の問題だ、と佐江は思っていた。確かに自分は、警視総監が末代まで秘密にしておきたい〝不祥事〟を知ってしまった。が、それを公表する気はさらさらないし、自分もまた、殺人犯を逃走させている。見逃したのではない、逃がしたのだ。「消えろ」といって。撃たれ、激しく出血はしていたが、頭の中は冷静だった。

だからこそ、処分は覚悟していた。

アメリカに研修に送られた理由はわかる。事件について嗅ぎ回る記者どもから離しておくためだ。だからほとぼりがさめた今、自分がクビにならないことが不思議だった。

休職という宙ぶらりんな状態におかれ、職捜しもできずにいる。上の連中は、警察を追いだされた俺が、よほど悪い真似をするとでも恐れているのか。

高円寺のアパートにこもっていても、くさくさするので、外にでる。気づくと新宿にいる。新宿が好きなわけではない。それどころか新宿には、佐江が警察官でなくなったと知れば、これまでの恨みを晴らしてやろうと、手ぐすねひく極道どもがたっぷりいる。

紙コップのコーヒーを手に店をでると、あわてて看板の陰に隠れる若造の姿が見えた。

まだ三十そこそこだろう。紺のスーツに白シャツとネクタイといういでたちは、昼間の歌舞伎町ではむしろ目立つ。

「おい」

佐江は声をかけた。若造が固まった。

「お前だ。どこで尾行のやりかた習ったんだ？　この下手クソが」

「わ、私ですか」

若造は瞬きした。佐江はその顔をにらみつけた。どこといって特徴のない顔だちだが、垂れた目尻がいかにもお人好しを思わせる。刑事らしくない顔だ。

いや、刑事に見えないから、むしろ向いている顔というべきだろうか。

「私ですかじゃねえ。お前、いったいどこの者だ？」

いいながら、佐江はあたりを見回した。この若造ひとりということはない筈だ。最低でも、もうひとり。これが本気の行動確認なら、尾行に五、六人はつっこむ。

向かいのビルの入口に立つ男が、目を合わせまいと顔をそむけた。この若造とたいして年はちがわない。

妙だ、と佐江は思った。監察なら、若造二人が組んでくることはありえない。

佐江は若造の首に紙コップをもった腕を回し、その体を引き寄せた。

「ちょっと話そうや」

「やめて下さい」

若造はあがった。佐江は腕に力をこめた。

「く、苦しい」

「やかましい」

佐江は若造のスーツをもう一方の手で探った。身分証のバッジケースを胸ポケットからひっぱりだす。

「ちょっと、何を――」

若造の体をつきとばし、佐江はケースを開いた。

「何だあ。H県警って、どういうことだ」

若造の所属は、県警刑事部捜査一課となっている。川村芳樹巡査。

「返して下さい。返せ！」

若造の声が真剣になり、佐江はバッジケースをその胸に押しつけた。

「なんで俺をつけ回す」

「ご、誤解だ。あんたのことなんか知らない」

「ふざけるな。この何日間か、しかも同じそのスーツで俺をつけ回してたことはわかってる。高円寺の俺のアパートもその格好で張りこんでいただろうが」

川村の顔はまっ赤になった。

「こい！」

佐江は川村のネクタイをつかんだ。

「いや、待って下さい」

「うるさい。こいといったらこい！」

佐江は川村をコーヒーショップの裏の路地に連れこんだ。

路地の奥まで進んだ佐江はうしろをふりかえった。あとを追ってきた川村の相棒があわてて身を隠す。

雑居ビルの非常階段がある。夜は酔っぱらいの定位置で、寝こんだり胃の中身をぶちまけたりしている。昔はよく、ガキがカツアゲに使っていた。

佐江はそこに川村をひっぱりこんだ。

「H県に知り合いなんかいないぞ。何の用だ」

「だから誤解だといってるじゃないですか。あなたのことなんか知りません」

「おい、お前、ナメてるのか」

佐江は川村の目をのぞきこんだ。川村の目にとまどいが浮かんだ。

「俺を誰だかわかってつけ回してたのだろうが、え？」

川村は目を伏せた。額に汗がにじんでいる。

「答えろよ」

佐江は川村の額を指先で小突いた。

「やめて下さい」

「尾行が下手なのはしょうがねえな。こんな人の多い場所でやったことなんてないから、見失いたくなくて、ぴったり張りついてたってわけだ」

川村は無言だ。

「どうする？」

「え？」

川村は目をみはった。

「どうするって訊いてんだよ。ここでずっと絞られたいか。それとも、歌舞伎町を見学するか？」

「け、見学って」

佐江はにやりと笑った。

「お前、ここがどんなところだかわかってるか。お前の地元とはまるでちがう。歌舞伎町に組の事務所がいくつあると思う。十や二十じゃないぞ。ざっと百はある。何丁目だの何番地だのが縄張りと決まってるわけじゃない。同じビルでも、店の一軒一軒でちがうんだよ。ちょうどいい。すぐそこに高河連合をとびでた組の事務所がある。のぞかせてもらうか。大丈夫だ。この辺の極道は、皆、俺のツラを知ってる。仲よくしたがっちゃいないが、俺のことを知りたいなら、喜んで教えてくれる」

佐江は路地のつきあたりを指さした。一見、廃墟のようだが、実際は使われているビルだった。所有者は高河連合元組員の妻で、焼肉店の女将(おかみ)だ。死んだその父親も組員だ。

川村は佐江の腕をふり払った。

「そんなことは知ってます。俺は東京に住んでいましたから」

語気を荒らげた。

「なるほど。そこまで田舎者じゃないといいたいわけか」

答えて、佐江は頭上を仰いだ。ビルの外壁からつきでた監視カメラが見おろしていた。

佐江は中指を立ててみせた。

「とにかく、いいがかりはやめて下さい。迷惑です」

川村がいったので佐江は笑いだした。

「おいおい、迷惑って何だ。お前、刑事だろう。こんな真似されて、迷惑です、ですますのか。パクれよ。傷害未遂の現行犯逮捕(ゲンタイ)なら、いけるだろう?」

川村はくやしげな表情になった。

「どうした？　パクれない理由があるのか。あるならいってみろ」

そのとき不意に、つきあたりのビルの入口におりていたシャッターがあがった。スポーツウエアを着た男四人が姿を現す。

「何だあ、お前ら。ひとん家の下で何やってんだ、こら」

ひとりが巻き舌ですごんだ。まだ二十をでたかどうかという小僧だ。

「おい、お前。そこのカメラにナメたことしたろう。お前だ、おっさん！」

頭を剃りあげた、さして年のかわらない別の男が佐江をにらみつける。

佐江は川村を見た。

「どうする？」

「どうするって……」

川村は困ったようにいったが、その顔に恐怖は浮かんでいない。

「聞いてんのか、この野郎」

スキンヘッドが佐江の顔をのぞきこんだ。

「うるさいな、お前」

淡々と佐江がいうと、目が吊りあがった。

「ぶっ殺すぞ、この野郎！」

「ほう」

佐江はいって、スキンヘッドと向かいあった。

「やれるか？」

「何だとぉ」

離れてなりゆきを見ていた、少し年かさの男が、あっと叫んだ。

「ちょっと待て、お前」

「何すか」

スキンヘッドはふりかえった。

「ヒゲ、のばしたんですか」

年かさの男は恐る恐るといった口調で佐江に訊ねた。佐江は顔の下半分をおおったヒゲに触れた。

「なるほど。威勢のいいガキだと感心してたが、これのせいか」

「何いってんだ、おっさん。事務所こいや、おらあ」

スキンヘッドがいって佐江の腕をつかんだ。

「やめとけ！」

年かさの男がいったが遅かった。腕をつかまれた瞬間を逃さず、佐江はスキンヘッドの右手首の関節を逆にひねりあげた。

「おっと。やっちまったな」

「申しわけありません！」

年かさの男が叫んだ。

「気がつかなかったんです。佐江さんとわかってたら、こんなことしません」

「佐江……」

「嘘だろ……」

男たちはいっせいに後退った。スキンヘッドは佐江の顔をのぞきこんだ。

「いてて……。あっ、本当だっ」

スキンヘッドの腕を佐江は放した。年かさの男に向き直る。

「俺とわかってたらしないといったな。つまり俺じゃなければ、やったってことだ」

「そんなつもりじゃないす。見逃して下さい！　宿直が退屈だったんで、外の空気を吸おうと思っただけなんです」

「ほう。外の空気を吸うついでに、そこにいたオヤジをちょいと締めたわけか。たまたまその相手が俺だった、と」

「本当に許して下さい。佐江さんにちょっかいだしたなんてわかったら、俺ら全員、カシラにどやされます」

年かさの男は腰を九十度に折った。

「いい時代だな、おう。どやされてすむ。昔なら指が飛んだ。今は指も刺青も、はやらない。見るからにやくざってのは、格好悪いらしいからな」

「勘弁して下さい！」

スキンヘッドがいきなり土下座した。

「おいおい、さっきの威勢はどうしたよ」

川村は目を丸くしている。

「そこっ、何してる?!」

叫び声とあわただしい足音が響いた。制服の警察官四人が路地に走りこんできたのだ。歌舞伎町交番の巡査たちだ。そのうしろには、逃げた川村の相棒がいた。

佐江はあっけにとられた。

「おい、お前の相棒、一一〇番したのか」

「あれ、佐江さんじゃないですか。どうしたんです？」

ヒゲ面でも新宿署員にはさすがにわかるのか、先頭の巡査が訊ねた。

「何でもない、気にすんな」

佐江は手をふった。川村は制服警察官とその背後にいる相棒を見やり、唇をかんでいる。

「大丈夫か、川村」

その相棒が話しかけた。

「大丈夫ですよ、もちろん！」

川村が大声で答えた。よけいなことをするなといわんばかりだ。

佐江は首をふり、相棒を見すえた。

「お前もＨ県警か」

「な、何の話ですか」

相棒は動揺したようにいった。

「Ｈ県警？」

制服が驚いたようにふりかえった。

「そうだよ、それも捜一らしいぞ」

「えっ」

「こいつら、この何日か、ずっと俺のことをつけ回してんだ」

「佐江さん、Ｈ県で何かしたんですか」

制服が訊ねたので、

「馬鹿野郎、いったこともねえよ」

佐江は首をふった。

「あの……」

足もとで小声がした。土下座したスキンヘッドだった。

「いいすか、もう」

「おう、忘れてた。消えろ」

佐江はいった。スキンヘッドははねあがるように立った。

「申しわけありませんでした」

「お手間かけましたあ」

口々に叫んで、シャッターの奥へと駆けこんでいく。シャッターはすぐに閉まった。

「何やったんです」

それを見送り、驚いたようすもなく制服が訊いた。

「俺とこの若いのが話していたら、ひとん家の下で何やってるってきやがった」

「話していただけで？」

「カメラにこうした」

佐江が中指を立てると、制服はあきれたように首をふった。

「無茶な人だな」

川村の相棒が上着から携帯をひっぱりだした。耳にあて、応える。

「石井です」

「あれも捜一か？」

佐江は川村に小声で訊ねた。川村は無言で頷いた。

「いや、それがですね、川村が見つかって……」

石井を名乗った、川村の相棒の声が低くなった。携帯を掌でおおい、小声で話している。

どうやら上司からの電話のようだ。

「どうします？　交番か署にいきますか？」

制服が訊ねたので、佐江は首をふった。

地上四階地下一階という、小さな警察署並みの規模の交番が歌舞伎町にはある。ことが大きくなったら、困るのは二人だ。

若い刑事の経歴に傷をつけたくなかった。

「お前がわけを話してくれればいいんだ」

佐江はいって川村を見た。川村は無言で唇をかんだ。

「川村、課長だ」

電話で話していた石井が携帯をかざした。

「いいですか」

川村は佐江に断り、石井に歩みよると携帯を受けとった。

「川村です。いや、別に、何もありません。大丈夫です」

「いいぞ、戻って」

佐江は制服に手をふった。

「でも……」

「あのう」

川村が携帯をおろし、佐江を見やった。

「うちの課長が、佐江さんにお話をしに、新宿署にくるそうです」

「新宿に？」

佐江は驚いた。

「はい」

「ちょっと待て。俺は――」

「休職中でしょう」

川村がいった。

「それは――」

上が勝手に決めたことだといいかけ、佐江は黙った。そんな話をここでしても始まらない。

「県警の刑事部長を通して、新宿署さんには話をするそうです」

川村がいった。

「何だかおおごとになってませんか」

制服が佐江を見つめた。

4

新宿警察署の会議室に佐江が入っていくと、副署長、組対課長、川村、石井、そして知らない顔が二人並んでいた。

「佐江さん、ヒゲをのばしたんですね」

副署長が愉快そうにいった。キャリアには珍しく、現場の顔と名前を覚えている。

「きちんとクビになったら剃ろうと思ってますよ。職捜しにはマズいでしょうから」

顎（あご）に触れて佐江が答えると、知らない顔二人が目を丸くした。

「佐江さん、こちらはＨ県警の刑事部長をしておられる高野さん、そして隣が捜査一課長の仲田さんです。若い二人には、もう会っておられますね」

副署長が紹介すると、高野と仲田は立ちあがり、腰を折った。高野はおそらくキャリアで、副署長より年上だ。仲田は五十代半ばの、いかにも刑事という面がまえの男だった。

「お偉いさんまででてきて、いったい何だっていうんです？」

佐江は立ったまま六人の顔を見渡した。

「まあすわれ。話は仲田さんからしてもらう」

組対課長が答えた。佐江が言葉にしたがうと、仲田は上着から老眼鏡と手帳をとりだし、頭を下げた。

「まずお詫びをさせて下さい。この二人は私の部下で、佐江さんに失礼を働いたのは、すべて私の指示でした。本当に申しわけありませんでした」

「別に失礼なんてありません。暇をもて余していたので、こちらも無茶をしました。こちらこそ申しわけない」

佐江はいって川村に頭を下げた。川村はとまどったような顔をしている。

「ところで佐江さん、阿部佳奈という女性をご存じですか」

仲田が切りだした。

「いいや」

佐江は首をふった。

「個人的な知り合いではなく、事件関係者として知り合った記憶もありませんか」

「ない。個人的には女性に縁がないし、組対にいたんじゃ、極道の女房か愛人くらいしか、事件関係者の女性とは知り合いようがない。阿部佳奈という女は知らない」

仲田と高野は目を見交わした。

「偽名を使っていたかもしれません。写真はこれです」

仲田が手帳からだした。

学生服姿の少女の写真だった。手にとり、佐江は訊ねた。

「いったい今、いくつなのですか」

「三十五歳です」

佐江は眉をひそめた。

「当人が写真嫌いで、高校の卒業アルバム以外の写真がないのです」

仲田がいった。

佐江はもう一度、写真に目を落とした。勝ち気そうな目をしている。髪型は、短いおかっぱだ。高校三年といえば、大人並みに色気づく者もいるだろうが、そういう気配はまるで写真から感じられない。

「記憶にない顔です」

佐江はいった。高野が身を乗りだした。

「佐江さん、『冬湖楼事件』と呼ばれている殺人事件をご存じですか。三年前に、H県の本郷市で発生した事案です」

かすかに記憶があった。

「料亭かどこかで何人かが射殺された事件ですか」

「そうです。本郷市の市長、地元の大手建設会社社長、東京の弁護士の三人が射殺され、地元企業の副社長がいまだに昏睡状態です。『冬湖楼』という料亭が現場でした。犯人は検挙されておらず、現場からいなくなった弁護士秘書を、重要参考人として手配しております」

高野が答えた。

「その弁護士秘書の名が、阿部佳奈です」

仲田がいった。

「阿部佳奈は、殺害の実行犯、あるいは共犯ではないかと我々は疑っています。犯行に使用されたのは四十五口径の拳銃で、女が使うには大型すぎる。銃を使い慣れた犯人を現場まで手引きしたと思われます」

「三年間にわたり、県警は阿部佳奈を捜してきました。生きているとすれば、出頭しない理由は、犯人かその共犯だからだとしか考えられません」

高野があとをひきとった。

「共犯だったが、犯行後すぐに消されたとか」

佐江はいった。

「もちろんその可能性も考え、現場周辺の山狩りもおこないました。ですが、阿部佳奈の足どりはまったくつかめないまま、三年がたってしまったのです」

「そこへ、先日こういうメールが県警のホームページあてに届きました」

仲田がさしだした紙を佐江は受けとった。

阿部佳奈を名乗る者からのメールをプリントアウトしたものだ。それによれば、自分は犯行とは一切かかわりがない。が、その場で通報も出頭もしなかったことには理由があり、それがH県警にかかわっているらしいことをほのめかしている。

佐江は二度読み、仲田に紙を返した。H県警にとって屈辱的な内容のメールを、よく自分に見せたものだ、と思った。事実であればもちろん、虚偽であっても、外部の人間にとうてい見せられるような代物ではない。

「本人からだと断定できるのですか」

自分の名がそこにあったことはさておき、佐江は訊ねた。

「いくつかの点で、本人である可能性が高いと考えております。まず三浦市長と上田弁護士の関係ですが、週刊誌が同じ大学であるとは書いておりますが、同級生であったことまでは報じていません。また『冬湖楼』に外階段があり、犯人がそれを使用した上バイクで逃走したというのも、これまでの捜査で判明した事実と一致します」

仲田が答えた。

「このメールはどこから発信されたのです？」

「東京の荻窪にある『スペース』というインターネットカフェです。我々は阿部佳奈が再びそこを使う可能性を考え、人員を配置しましたが現れませんでした」

「それで俺を張りこんだというわけですか。この重参が俺の周辺にいるかもしれないと考えて」

「その通りです。同じ警察官に対し、あるまじき行為かもしれませんが、県警としてはそうせざるをえませんでした。このメールも、恥をしのんでお見せしております」

仲田の顔に苦渋がにじんでいた。

「理解できます。日本中、どこの警察でも、まず自分たちで重参の身柄を確保しようと考えますよ」

副署長がいって、佐江を見た。

「そうですね。俺がこの事件の実行犯だという可能性もある」

「それについてはちがうとわかっています。事件発生時、佐江さんは中国人連続殺人の捜査にあたっておられました」

「『五岳聖山（ごがくせいざん）』だ」

組対課長がいった。

「五岳聖山」と呼ばれる、中国の五つの山の名を刺青（いれずみ）で体に入れた複数の中国人の死体が見つかり、佐江は通訳兼任の中国人捜査補助員の毛（マオ）と、外務省アジア大洋州局中国課の女性職員、野瀬（のせ）とともに捜査にあたった。事件には中国人犯罪組織、暴力団、そして中国国家安全部と警視庁公安部までがかかわった。

「あのときか。とうていH県までなんていけなかったな」

佐江はつぶやいた。

「佐江さんが事件と直接かかわりがないことを、我々も疑っておりません。ただ、このメールの発信者が阿部佳奈なら、なぜ佐江さんの保護を希望しているのか、知りたいのです」

仲田がいった。

「気持ちはわかります。だが俺にもその理由がまるでわかりません。だいたいなぜ俺が、何があっても守ってくれる人間だと信じられるのか。俺はそんなに立派な警察官じゃありません」

佐江は答えて、組対課長を見やった。

「いや、そんなことはない」

組対課長は気まずそうに首をふった。

会議室は静かになった。

「とにかく捜査のお役に俺は立てそうもない。阿部佳奈という人物にはまったく心当たりがない。このメールにも面識がないとあるとおり、この発信者はどこかでたまたま俺の名を知って、使えると思ったのでしょう」

佐江は告げた。仲田と高野が再び目を見交わした。

「実は、一昨日、新たなメールが届きました。発信地は、東京・新橋のインターネットカフェです」

高野がいい、仲田が新たな紙をさしだした。

『先日、メールをさしあげた阿部佳奈でございます。その後、捜査の進展はいかがでしょう。新宿警察署の佐江警部補に連絡をおとりいただけましたでしょうか。佐江警部補による保護を確約していただけるなら、わたしはいつでも出頭いたします。

佐江警部補による保護が可能な状況になりましたら、わたしがメールをさしあげているホームページ上に、警視庁マスコットキャラクター『ピーポくん』の画像を貼りつけて下さい。それを拝見ししだい、保護していただく方法をご相談したく存じます。どうかH県警捜査一課の皆さまのご理解をたまわりますよう、お願い申しあげます』

「H県警のホームページに警視庁のマスコットキャラクターを載せろなんて、ずいぶんな要求だ」

組対課長がつぶやいた。すでに二通のメールを読んでいるようだ。

「つまりそれだけ本気で、この重参は佐江さんを巻きこもうとしているともいえます」

副署長はいった。

「だとすると、俺に恨みをもっていて、巻きこむことでその恨みを晴らそうとしているのかもしれませんね。ですがたとえそうであっても阿部佳奈という女は知りません。阿部佳奈を名乗る別人か、阿部佳奈の周辺にいて知恵をつけている者がいるか、です」

佐江がいうと、高野が佐江の目をとらえた。

「いずれにしても、ここは佐江さんにご協力いただくしかない、と我々は考えています」

「どうせよというのです？」

「阿部佳奈が我々に接触をはかるよう仕向けます。その際、本当に佐江さんが協力して下さっているという証明を求めてくる可能性があります」

佐江は頷いた。

「メールにあるような、保護、同行といったご面倒までおかけしようとは思いません。ですが身柄確保のためのご協力をお願いしたいのです」

「具体的には何をすればよいのですか」

佐江が訊ねると、高野は仲田を見た。

「まずは都内のどこかで、阿部佳奈と接触しようと我々は考えています。その場に佐江さんがいることを、当然向こうは要求してくるでしょう。そこで身柄を確保します」

仲田がいった。佐江は頷いた。

「わかりました。この宙ぶらりんな俺でよければ協力します。ただ、ひとつお訊きしたい」

「何でしょう」

「このメールにある『H県警察に全幅の信頼を寄せられない理由』について、何か心当たりはあるのでしょうか」

「失礼だぞ」

組対課長がいった。佐江は組対課長を見やった。

「失礼な質問だというのはわかっています。しかしこのメールの内容が真実であった場合、阿部佳奈の口を塞ごうという動きが起こるかもしれない。そうなったら俺は、犯人の側に加担することになる」

「佐江！」

組対課長は言葉を荒らげた。

「いえ。佐江さんのご懸念は理解できます」

高野がいった。

「すると心当たりがあるのですか」

佐江は訊ねた。

「あるとまではいえません。ですが殺害された本郷市長の三浦さんは、かつて現在の私と同じ職責にあられました」

「同じ？　刑事部長だったということですか」

「はい。本郷市長選挙には、過去のH県警幹部が立候補し当選する、という歴史があります。三浦さんの前に市長を四期つとめられた方は、かつて県警の本部長でした。阿部佳奈は、三浦さんの同級生であった上田弁護士からその話を聞いていて、我々の捜査に何らかの影響が及ぶのではないかと、疑っているのかもしれません。実はこのことも、メールの発信者が阿部佳奈本人だと考えられる理由のひとつです」

「なるほど」

佐江は頷いた。

「他に何か、お知りになりたいことはありますか」

仲田が訊ねた。佐江は考えこんだ。

「もし君がH県警に協力するというのなら、一時的に復職してもらう。民間人の身分で現場にでるのは不適切だ」

組対課長がいった。佐江は組対課長を見た。本音では、協力を断ってもらいたいのだろう。明らかに迷惑そうな表情を浮かべている。

副署長は、どちらかといえばおもしろがっているような顔をしていた。

「ここまで我々にとって不名誉なお話をした以上、ぜひともご協力をお願いしたい」

仲田がいった。佐江は頷いた。

「わかりました。お役に立てるかどうかはわかりませんが、協力させていただきます」

渋面になった組対課長に告げた。

「身分証と拳銃を再貸与していただけますか」

「拳銃も、か」

「拳銃が使われたヤマです。万一の場合を考えれば、丸腰はマズいでしょう。それが駄目だというなら、協力はできません」

組対課長は大きく息を吐いた。

「わかった」

佐江はH県からきた四人の警察官の顔を見回した。

「では、どういう手を打つか相談しましょう」

「ありがとうございます」

仲田と高野が頭を下げると、若い二人もあわててしたがった。

5

ホームページに「ピーポくん」の画像を貼りつけるのは川村の仕事だった。新宿からいったん県警本部に戻る。東京からは特急で二時間ほどかかる。サラリーマン時代、レンタカーで帰省したことがあるが、車でも渋滞さえなければ、同程度の時間で移動できた。

行確中に佐江にからまれたときは驚いた。いくら経験が少ないとはいえ、自分の尾行がバレているとは、まるで思っていなかったからだ。

だが「同じスーツ」を着ていたことを指摘され、自分の甘さを思い知らされた。

佐江の言葉どおりだった。たとえ短期間の出張であっても、これからは必ず着替えをもっていこうと決心した。刑事が尾行や監視を見抜かれるのは、恥以外の何ものでもない。

そして新宿署での話し合いにでて、佐江に対する見かたがかわった。

単純な石井は、

「重参は、本当にあの佐江っておっさんのことがわかってるのか。ありゃマル暴の典型だよ。やくざばっかり相手にしているから、自分もやくざ脳になっちまったんだ。あんなのに保護を頼むなんて、どうかしてる」

と電車の中で吐きだした。

「ですけど、重参が自分に恨みをもっていて、それを晴らそうとしているかもしれないなんて、ふつうは考えつきませんよ。冷静に事件を見ている証拠じゃないですかね」

「そりゃ冷静さ。H県なんていったこともないっていってたじゃないか。何があっても関係ないとタカをくくっているんだ」

「もしそうなら、県警のことまで訊きますかね。本気で事件について考えているから、訊きにくいことを訊いてきたのだと思うんですが」

「それは万一、重参が襲われたら、自分の責任になると思ったからさ」

「確かにそうですが、もし重参が襲われたら、どこかから情報が洩れているってことになります」

「そんなことあるわけないだろう。一課でも、まだ何人も知らないんだ」

確かにそのとおりだ。だが接触の詳細が決まれば、県警一課は、それなりの人員を東京に派遣することになるだろう。阿部佳奈の身柄確保は、四、五名では不可能だ。万一また逃がしたら、それこそ刑事部長や一課長の首がとぶ。

とはいえ、H県警から犯人側に情報が伝わるとは、川村本人も思えなかった。県警を信頼できないといっているが、阿部佳奈本人が殺人犯かもしれないし、実行犯による口封じを恐れる共犯という可能性だってある。

そもそもH県警の歴代幹部が本郷市長選挙で当選してきたからといって、殺人事件の捜査情報をどこかに洩らすというのが考えられない。

警察官は家族にすら、捜査中の事件の情報を話すことを禁じられている。たとえ被害者に市長や地元有力企業の幹部が含まれていたとしても、捜査にかかわる話が市や企業に流れるとは考えにくかった。

が、東京で四年暮らしたことで、本郷市にずっといたのでは決して得られなかったであろう経験をした。十代の終わりから二十代の初めという時期ではあったが、川村は「孤独」というものを初めて東京で味わった。

十八歳で上京するまで、人口八万人の本郷市民のすべてを知っていたわけではない。が、近所・親戚、友人の縁者を伝っていけば、市民の十人にひとりくらいとはつながっていたように思う。

「どこどこの誰々は、誰それの従兄」だとか、「誰それの嫁ぎ先の隣に何々の店がある」といった調子だ。

そのせいで外出先で何をしても、家族の耳に必ず伝わった。家族だけでなく、「どこを誰と歩いていた」「誰とどの店でお茶を飲んでいた」までが、友人たちに知られた。

それが監視されているようで、川村には息苦しかった。悪意を伴わない監視ではあったが。

だから上京を選んだ。できれば卒業後、東京で就職し、本郷市には戻らない人生を送りたいと考えていた。幸いに両親は健康で、下に妹がいたため、反対されることもなかった。

東京ではそれなりに友人ができたし、恋愛もした。その一方で、気づいた。本郷市での人間関係の濃密さは、ある種のセーフティネットなのだ。

東京では、自分が部屋で突然死しても、誰も気づかない。一日、二日、いや下手をすれば一週間放置される可能性がある。

東京では、失恋した自分が途方に暮れていても、人は一顧だにしない。自殺しかねない顔をしていたら、かかわらないように遠ざかるだけだ。

自由の裏側には寂しさがある。それを当然のように耐えてこそ、都会での暮らしは成立するのだ。最先端の文化、華やかなファッションと孤独は背中合わせだ。

誰からも気にされない、興味を抱かれないからこそ、好きな洋服を着て、いきたい場所にいける。一千万を超える人々の中に、自分が知り自分を知る人は、ほんのごくわずかしかいない。

会社員生活の二年は、まさに自分の存在理由との闘いだった。駒でしかない自分は、いくらでも取り替えがきく。満員の通勤電車は、自分と同じような人間で埋めつくされていた。どこで生まれたとか食いものは何が好きだとか、秘かに思いを寄せている人がいるかなど、何の意味もない。

ただ会社に運ばれ、働き、帰る。そのくり返しで週末がきて、ようやく個人に戻ったと思い、新宿のような盛り場にいくと、そこもまた自分とまるでかわらない人間で溢れていた。

人との関係が薄いとは、つまり空気が薄いということだ。いくら息をしても、胸が満たされる感じがない。東京にずっといたら慣れるだろうが、それはつまり薄い空気で生きられる人間になってしまうのを意味している。

息苦しくても濃い空気を吸いたかった。うっとうしくとも多くの人とかかわる日々を送りたかった。それまでの人生で一番悩み、考え抜いた上で、川村は帰郷を決断した。

そしてH県の警察官募集に応募したのだった。濃密な土地で、さらに多くの人生とかかわる職業を選んだのだ。

それがよかったか悪かったかは、まだわからない。だが人より遅いスタートであったにもかかわらず、刑事に抜擢され、わずか二年で捜査一課に配属された。この五年間は、警察官としては、追い風をうけていたといえるだろう。

それでも川村は、もっといい警察官になりたいと願っていた。出世したいわけではない。警察官として優れているからといって、必ずしも高い地位につけるわけではないことは、五年で十分、わかった。

県警は典型的なピラミッド組織で、しかもその頂点に立つのは、中央から派遣されたキャリア警察官だ。H県とは何のゆかりもない人物だったりする。求められる資格は、国家公務員I種試験の合格者であること。優れた警察官かどうかは関係ない。

H県警に入ってほどなく警察における「出世」とはどういうものなのかを知ったとき、川村は軽い失望を感じた。が、その一方で、出世を目的とせず警察官でありつづける人たちの「使命感」にも気づいた。

誰かを守りたい、誰かの役に立ちたい、信頼される存在でありたい、そんな気持ちで警察官になり、生涯それを通す人々の存在を知った。

幹部ではない、そうなることを期待しない、多くの警察官に、そういう人々がいた。

川村は初めて誇りを抱いた。そういう人々のひとりになろう、と思った。

新宿署で佐江と話したとき、彼もまた、そういう人間ではないかと川村は感じたのだった。

H県警の人々とはちがう。ひねくれていて粗暴で、権威というものに対し反感を隠さない。そうであるのに、よい警察官であることを放棄していない。

副署長とのやりとりでは、警察を辞めかけているような言葉を口にしていたが、『冬湖楼事件』の話を聞き、復職をすぐに決断し、組対課長もそれを受け入れた。

それはつまり、自らいった「クビ」という言葉とは裏腹に、警察は佐江に辞めてほしくない状況だったことを表している。

H県警への協力を組対課長が望んでいなかったのは、官僚にありがちな、前例のない面倒を嫌ったからだろう。前例のない行動をとることで責任を問われたくないのだ。

それはH県警にもある。前例のない行動は、その答えがでなかったとき「軽はずみ」「目立ちたがり」という批判をうけやすい。一度そういうレッテルを貼られたら、くつがえすのは容易ではない。

石井がいうように、佐江はやくざ脳かもしれない。最初にパンチをくらわし、相手のでかたで力量を判断しようというのは、確かにやくざや愚連隊の考え方だ。暴力団事務所の監視カメラを挑発したのは、演技だけではない、佐江のそういう性格があったからだ。

もし佐江と組んで捜査にあたることになったら、摩擦や衝突は避けられない。課長の仲田はそれを予感したからこそ、接触時の立ち会いを求めるだけにとどめたのだ。もちろんさらなる協力を求めるのは、H県警のメンツを潰すことにもなる。

佐江は気づいていて、協力を約束した。見下しもせず、事実のみに興味を抱いた。

佐江が優れた警察官だと川村が感じた理由は、その点にあった。

自分より階級が上の、地方警察幹部が協力を求めてきたら、ふつうは優越感にひたる。恩に着せ、いばり、さも自分のほうが優秀であるかのようにふるまうだろう。

だが佐江はちがった。仲田の屈辱感を察知し、それを刺激せず、しかし真実を知ろうとした。阿部佳奈がH県警を信頼できないとする理由を訊ねたのは、そのためだ。

メンツや立場とは関係なく、事件にのみ興味を抱いている。

佐江がもし、「冬湖楼事件」の捜査にあたったら、真犯人をつきとめるかもしれない。

そう考えるとわくわくした。仲田や高野には、そんな考えは露ほども悟られてはならない。

H県警警察官としては命とりだ。

「ピーポくん」の画像をホームページの、かなり目立つ場所に貼りつけ、川村は阿部佳奈からの連絡を待った。

『ホームページ拝見いたしました。無理なお願いをしたにもかかわらず、うけいれて下さったH県警の皆さまには心より御礼申しあげます。つきましては、佐江警部補がわたしの保護をして下さいますことを確認したく、警視庁新宿署にお電話をさしあげる所存です。佐江警部補のご意思を確かめましたのち、出頭の詳細を決めさせていただきたいと考えております』

川村がさしだしたプリントアウトを見つめる仲田の表情は険しかった。

「ここから先は、重参は佐江と直接話して決めるってことか」

「そう、読めます」

仲田は川村の顔をにらみつけた。

「新宿署の交換台を通して佐江さんにつないでもらえば、本人と話すことが可能です」

川村がいうと、

「そんなことはわかってる」

仲田は吐きだした。

「問題はいつ、電話をかけるかだ。もうかけているのか、これからか」

「佐江さんに訊かないと……」

仲田は川村の顔をもう一度にらみ、そして息を吐いた。

「厄介だな。佐江に誰かを張りつかせるしかないか」

川村は待った。仲田の目は課内を見回し、また川村に戻った。

「いけるか？」

喜んで、といいそうになるのをこらえ、川村は頷いた。

「顔も互いにわかっていますから。私でいいと思います」

「向こうは嫌がるかもしれんぞ」

「お互い仕事だというのを理解してもらえれば何とかなるのではないでしょうか」

川村が告げると、仲田はおや、という顔をした。

「そうか。じゃあ頼んだぞ。新宿署のほうには、俺から連絡をしておく。今日中に向かえるか？」

「大丈夫です」

「一日二日じゃ帰れないかもしれん。そのつもりで準備をしていけ」

「了解しました」

川村は一度寮に戻り、仕度を整えてから午後一時発の特急に乗りこんだ。東京駅に着くと地下鉄丸ノ内線に乗り換え、西新宿に向かう。

新宿警察署が、ＪＲ新宿駅の東側ではなく西側にあることに川村は改めて気づいた。本来なら歌舞伎町のある東側のほうが出動に便利なのではないか。

そう思って、持参した東京都の地図で新宿区のページを開くと、新宿区役所が東側の歌舞伎町一丁目にあった。区役所の建物が事件発生が多そうな歌舞伎町にあり、警察署は高層ビル街の西新宿にある。

これでは逆だ。ふたつの建物を入れかえたほうが職員にとっても便利なのではないか。

そう考え、気づいた。区役所には、毎日多くの市民が訪れる。戸籍などの手続き、年金、福祉といった行政サービスをうけるため、区民だけでなく外国人もやってくる。

それに比べたら、警察署を訪れる市民は決して多くはない。望んで警察署にやってくる者はまれで、むしろいやいや訪れる人間のほうが多いのではないか。

歌舞伎町に区役所があるほうが、市民にとっては便利なのだ。

歌舞伎町と聞くと、川村はつい「盛り場」「ガラが悪い」というイメージを抱く。それはまちがっていないと思うが、上京した頃、休みになると自分もアテもなく歌舞伎町をめざしたように、誰にとっても足を運びやすい街であることは確かだ。線路をはさんで、東が歓楽街、西がオフィス街という、新宿のありようも独特で、こんな街は他にない。

地下鉄を降りたところで、携帯に仲田からメールが届いた。新宿署の組対課長に、川村がいくことを伝え、了承をもらったという内容だった。佐江に関しては、触れていない。

それを見やり、川村は苦笑した。歓迎されるとは思っていない。が、事件解決のためには、佐江のそばを離れるわけにはいかなかった。疎まれ、罵られても、佐江から離れない覚悟が必要だ。

新宿署に到着すると受付を通し、組対課に向かった。

課内に足を踏み入れた瞬間、空気がかわるのを感じた。明らかに極道の世界だ。刑事とそれ以外の区別がまるでつかない。スーツにネクタイを締めた男を刑事だと思ったら、スポーツウエアの上下を着けたチンピラのような男に怒鳴られている。

「手前、何回同じことをいわすんだ。そんなとぼけたいいわけが通る筈ねえだろう！」

スーツが被疑者で、スポーツウエアが刑事のようだ。つい見いっていると、

「川村さん！」

声が聞こえ、我にかえった。組対課長が奥のデスクから手をあげている。

「失礼します」

誰にともなく川村はいった。が、誰ひとり反応する者はない。パソコンのモニターをにらみつける者、電話で話しこんでいる者。

「何だあ、またお前か。ナメてんな。一回懲役しょって勉強してくるか。おい」

スポーツウエアの刑事の横で腰に手をあてているのは、スーツはスーツだがシャツの前を

大きく開けて、髪をオールバックにした男だ。腰にさした拳銃が丸見えだった。

「うっせえんだデコスケが！」

いきなりスーツ姿の男がキレた。とたんに周囲のデスクにいた刑事たちが立ちあがる。

「今何つったこら、もう一回いってみろ！」

「デコスケにデコスケっつって、何が悪いんだよ」

「おい、ちょっとこい！」

スポーツウエアがスーツの男を立たせた。

「部屋空いてますか？」

「二番が空いてる」

誰かが答え、スーツの男はつきとばされた。

「お前のその口よ、二度ときけねえようにしてやっから。取調室いくぞ」

「おうおう、かわいそうに。昏むしられんぞ」

「血、ふいとけよ！」

課内から声がとんだ。

「遠いところをお疲れさま」

気づくと、組対課長がかたわらにいた。連れられていくスーツの男を川村が見ているのに

気づき、

「あいつは、女をひっかけちゃ風俗に沈めるスケコマシですよ。エリートサラリーマンのフリして、女に近づく。平気でしゃぶは使うし、逆らったら女をボコボコにする。暴力団がバックにいるんで、恐がって女も被害届をださない。まあ、クズの中のクズですね」

淡々といった。

「昔は、ああいうのが田舎から遊びにきた女の子をひっかけようと駅のあたりにたむろしていましたが、今はインターネットの出会い系サイトとかを使うんで、現場がおさえづらくなってます」

「サイトを使ったら場所はいくらでも指定できますからね」

川村が答えると、

「お宅の課長からうかがったのですが、川村さんはそっちの学校に通われたあと、東京でIT関連のお仕事をされていたとか。地元に帰らず、警視庁に就職してくれたらよかったのに」

組対課長はいった。お世辞でも悪い気はしない。思わず笑みが浮かんだ。

「いや、自分なんてほんのかじった程度で、とてもお役には立ててません」

「でも捜一のホームページは川村さんが担当しているんでしょう？」

「あれは新米の役目なんです」

「なるほど。佐江はまだきていませんが、暗くなる前には顔をだすと思います。こちらへ」

小さな会議室で川村は組対課長と向かいあった。こうして見ると、組対課長は四十代半ばで、佐江とあまり年齢がかわらないようだ。

ただ佐江より額が後退している。

川村は阿部佳奈から届いた最新のメールのプリントアウトをとりだした。

「なるほど」

目を走らせ、組対課長はつぶやいた。

「うちの交換を通して佐江に連絡してくるというわけですな。いれば、まちがいなく本人と話せる。賢いですね。この重参に犯歴はないのですよね？」

「ありません」

「だとしたら誰か知恵をつけているのかもしれない。三年も逃げ回るのは、カタギじゃふつう難しい」

「佐江さんあてに電話はかかってきていませんか？」

川村が訊くと、組対課長は会議室にあった内線電話をとりあげた。

「交換に訊いてみます」

問い合わせた結果は、なしだった。きのうもかかってきていない。

「携帯がありますからね。最近は刑事に名指しの電話が外線で入ることは、めったにない」

「そうですよね」

「川村さんがこられた理由は、お宅の課長からうかがいました」

「佐江さんにはご迷惑でしょうが、重参を確保するまでは何とかそばにいさせていただきたいと思っています」

組対課長は唸(うな)り声をたてた。

「正直、本人しだいです。あれは本当に職人気質(かたぎ)の刑事でして、組んだ相手が気に入らないと、話もろくにしない」

「やっぱり」

川村は息を吐いた。

「うまくいった人というのはいなかったのですか？」

組対課長は宙を見つめた。

「過去、二人いました。どちらも本庁の捜一にいた人間でした。二人とも、殉職しました」

川村は言葉を失った。

「な、亡くなった理由は？」

組対課長は川村の目を見つめた。

「撃ち合いです。被疑者に撃たれた。以来、佐江は自分と組んだ者は死ぬ確率が高いと感じているようです」

「休職中だったのは、それが理由ですか」

「別の理由ですが、お話しするわけにはいかない事情がある」

組対課長はきっぱりと言った。川村は頷く他なかった。

内線電話が鳴った。

「はい、会議室。おう、よこしてくれ」

受話器をおろし、組対課長は川村をふりかえった。

「佐江がきました」

6

会議室に現れた佐江の顔からは、ヒゲがきれいさっぱり消え、スーツにネクタイを締めている。

とはいえスーツもシャツも皺がよっていて、とても有能な刑事には見えない。いかにも、くたびれた中年のサラリーマンだ。

「お」

佐江は川村の顔を見るなり、低い声をだした。

「動きがあったんだな」

「まあ、すわれ」

組対課長の言葉にしたがった佐江に、川村はプリントアウトをさしだした。

「いつきた？」

一読した佐江は訊ねた。

「今日の午前二時の発信です。新宿区歌舞伎町の『ジャングル』というインターネットカフェからでした」

「近寄ってきたな」

組対課長がつぶやいた。

「俺あての電話がかかってくるのを、横で待つつもりか」

佐江は川村を見つめた。

「そうさせていただければと思っています」

目をそらさず川村は答えた。

「電話がかかってきたとして、出頭の具体的な方法を俺が決めていいのか」

それについては仲田と打ち合わせてあった。

「はい。ただ県警の人間が周囲を固められる場所にしていただけるとありがたいのですが」

「新宿署への出頭はどうなんだ？」

佐江が訊ねた。川村はためらった。できれば新宿署の外で身柄をおさえたいというのが仲田の考えだ。

「メンツの問題か」

佐江がつぶやき、川村は頷いた。週刊誌などを騒がせた事件だ。あとあと、なぜ新宿署だったのかに注目されるのを避けたいと仲田はいっていた。阿部佳奈がH県警を信頼していないという情報が広がるのもまずい。

「そうなると、公園とか駅前の広場という場所になるな。君がいることをその重参が確認した上で、接触をしてくる」

組対課長がいった。

「俺の役目は、釣りのエサです。エサが釣りかたを注文するわけにはいかないでしょう」

「よろしいんですか」

自分の声が上ずっているのがわかった。佐江は頷いた。

「ありがとうございます」

「じゃあいくか」

佐江が立ちあがったので、川村は思わず顔を見た。

「どこにです？」

「重参を捜しにいく」

わけもわからず、新宿署をでる佐江のあとを川村は追いかけた。とりあえず、荷物は預けてきた。

「重参の写真はあるか」

歩きながら佐江が訊ねた。川村は手帳からだし、渡した。高校の卒業アルバムの複写だ。ひと目見るなり、佐江は首をふった。

「本当に、こんな昔の写真しかないのか」

「写真嫌いだったらしく、大学生や社会人になってからのものが見つかりませんでした」

「今、三十五だろう。倍近く年がいってる。まるで顔がかわっているかもしれん」

「周囲の話では、化粧もあまりしない地味なタイプだったそうなんで、さほどちがいがないのではないかと」

「体型は？　太ったとか痩せたとか」

「極端にはかわっていないようです」

「つまり化けようと思えば化けられるわけだ。元が地味なら派手にすれば別人になる」

佐江のいう通りだ。

「どちらへ？」

「とりあえずメールを打ってきたインターネットカフェで訊きこみをする。もう、したのか？」

川村は首をふった。

「それも考えたのですが、重参を警戒させてもマズいかと」

本当だった。

「だが前のときは荻窪のインターネットカフェを張りこんだのだろう」

「あのときは自分ひとりではありませんでした。それに新宿歌舞伎町となると、本当に近くにいる可能性がありますから」

「刑事だと見抜かれると思ったか」

川村は思わず頷いた。佐江は足を止め、しげしげと川村を見やった。

「ネクタイは外したほうがいい」

川村はあわてて首もとに手をやった。

「趣味が悪い。それに昼間歌舞伎町をうろつくサラリーマンは、たいていネクタイをしていない」

昔のガールフレンドにもらったブランドもので気に入っている。むっとしながらも、川村はネクタイを外した。

「佐江さんは外さないんですか」

くやしくなり、思わず訊ねた。佐江は川村をにらみ返し、歩きだした。

「意味ない。俺はメンが割れている」

腹がでているのに佐江の足は早かった。青梅(おうめ)街道を東に進み、大ガードをくぐって歌舞伎町一番街の入口に十分足らずで達する。

「『ジャングル』はこの先だ」

信号で止まるといった。

「新宿のインターネットカフェを全部ご存じなんですか」

「管内のは、な。インターネットカフェやマンガ喫茶は、追われている奴がとりあえず逃げこむ場所の一番手だからな」

確かにその通りだ。

信号を渡り、歌舞伎町の中へと足を踏み入れた。あたりが明るくなった。夕刻だから空は薄暗いのだが、飲食店の看板の放つ光が強い。それに合わせてアナウンスや音楽が降ってくる。アナウンスは日本語だけではなく中国語や韓国語も交じっていた。

人通りは多い。川村は懐かしさを感じた。細かな部分は変化しているだろうが、街全体を包む熱気は、十年以上前の学生時代とかわらない。

佐江が立ち止まった。一階にコンビニエンスストアが入った雑居ビルの前だった。三階から五階まで「ジャングル」の看板がでている。

佐江はビルの入口に歩みよると、あたりを見回した。奥にエレベータがあるが、乗りこむ気配はない。

「写真をくれ」

川村は手渡した。

「予備はあります。もっていて下さい」

佐江は頷き、斜向(はすむ)かいのビルを示した。

「あの二階に喫茶店があるだろう。そこの窓ぎわの席にいって、待っていてくれ」

「了解しました」

インターネットカフェへの訊きこみに同行したかったが、それはできないようだ。佐江がエレベータに乗るのを見届け、川村はいわれた喫茶店に移動した。ビルのワンフロアを占める大きな店で、二十四時間営業をうたっている。

その窓ぎわの空いたテーブルにすわり、はっとした。「ジャングル」の入ったビルの出入口が丸見えだ。

思わずあたりを見回した。阿部佳奈がいるかもしれない。

女ひとりの客はいなかった。中年男女の団体と、もう少し年のいった女性ばかりのグループ、それに若いカップルといったところだ。

ウェイターが水のコップを運んできた。

「コーヒーを下さい」

いってから、川村は身分証を見せた。

「警察の者です。この女性を見ませんでしたか？　きたとすれば今朝の午前二時くらいで、窓ぎわの席にすわったと思うのですが」

写真を手渡し、小声で訊ねた。ウェイターは、学生のアルバイトのようだ。

「その時間だとシフトがちがうんで。店長に訊いてきましょうか」

「お願いします。それと写真は学生服ですが、現在は三十歳を過ぎています」

川村がいうと、当惑したように写真を見直した。

「もっとおばさんになっているってことですか」

二十そこそこから見ればそうなのだろう。川村は頷いた。ウェイターは奥にいき、やがてコーヒーを運んでくると答えた。

「店長もわからないそうです。その時間は店が混んでいて」

「そんな遅くに混んでいたの？」

驚いた川村が訊き返すと、ウェイターはあたり前のように頷いた。

「仕事の終わったホステスさんとか始発待ちのお客さんとかが入ってくる時間なんで」

「そうなんだ……」

H県ではありえない。電車の始発がでるまでどこかで時間を潰すくらいなら、車で飲みにでて帰りは運転代行を頼む。それに何より、二十四時間営業の喫茶店がない。

写真を返され、川村は息を吐いた。

コーヒーをひと口飲み、向かいの雑居ビルに目を向ける。仕事帰りのホステスが多くいたなら、まぎれてしまった可能性もある。阿部佳奈にも水商売のアルバイトをした経験があった筈だ。

はっとした。阿部佳奈は化粧をしない地味なタイプだという話だった。なのに銀座のクラブで働いていたというのか。

素顔がよほどの美人ならともかく、そうでなければ化粧もせずにホステスの仕事ができたとは思えない。

すると社会人になってから地味にしていたのは、水商売の反動かもしれない。派手にしていた過去が嫌で、化粧をしなかったのだ。

川村はテーブル上の写真に目を落とした。短いおかっぱで、硬い表情を浮かべている。写真嫌いだからか、唇を結び、視線もレンズから微妙にそれている。

「重参はきていたか？」

声に我にかえった。佐江がいつのまにか、かたわらに立っている。

「いえ、深夜二時頃は混んでいたので、わからないそうです」

川村は答えた。佐江は向かいにすわると、

「アイスコーヒー！」

とウェイターに叫んだ。

「誰に訊いた？」

「店長に訊いてもらいました」

アイスコーヒーを運んできたウェイターを示して、川村は答えた。

「そうか。悪いけど、店長をここに呼んでくれるか」

佐江はウェイターに頼んだ。やがて三十代後半の蝶タイをつけた男がやってきた。

「何でしょう」

「新宿署の者です。今朝の二時頃、窓ぎわにひとりですわった女はいなかった？　待ちあわせじゃなく、ひとりできたと思うのですが」

佐江は訊ねた。

「おひとりですか……」

男は眉根をよせた。

「そういえばいらしたような気がします。たぶん水商売の方だと思うのですが」

「なぜそう思う？」

「その、格好が。そういうドレスを着て、革ジャケットを羽織ってらしたので」

「キャバ嬢はだいたい着替えているだろう？」

「そうですね。そういう意味では珍しかったかもしれません」

「この写真に似ていましたか？」

佐江がいうと、男は首をふった。

「ぜんぜん似てません。髪の色もかなり明るかったですし、化粧もきつい感じでした」

「何時くらいまでいた？」

「山手線の始発がでるくらいまでですから、四時四十分くらいですかね。だいたいそれくらいになると、お客さんがひくんですよ」

「ずっとおひとりですか？　電話とかもせずに」

「ずっとおひとりでした。コーヒーを一回、お代わりされたかな」

「何か他に覚えている特徴はありませんか。ホクロとか」

黙っていられず、川村はいった。自分の訊きこみが甘かったのを痛感していた。

「ないですね。申しあげたように忙しかったですし、お客さまをじろじろ見るわけにもいきませんから」

佐江が礼をいい、男は離れていった。

「すみません。まるで駄目でした」

店長がいなくなると、川村は佐江にあやまった。

「自分が使えないってことがわかりました」

「H県に二十四時間営業の喫茶店はあるのか」

「ありません」

「じゃあしかたがない。夜中に混むとは思ってなかったのだろう」

佐江の言葉に驚いた。

「その通りです」

「それに連中は、警察とはそんなに仲よくしたくない。警察官は、暴れる酔っぱらいさえつまみだしてくれればいいんだ」

川村は頷き、疑問をぶつけた。

「キャバクラ嬢が着替えているというのは、どういう意味です？」

「キャバクラで働いている女は私服で出勤し、店でドレスに着替え、帰るときはまた私服になる。ドレス姿で外にいるのは珍しい」

「私服だったらキャバ嬢かどうかわからないのでは？」

「髪型がちがう。ジーンズ姿でも派手に巻き毛にしているから、見てわかる。中には面倒だからと、着替えず、店服で帰るのもいる」

「重参は、そのフリをしたと？」

「あの店長が見た女がそうだったらな」

「ドレスなんてどこで手に入れたんです？」

「レンタルがあるし、実際どこかで働いているのかもしれない」

いわれて気づいた。潜伏中、水商売をしていた可能性はある。

「インターネットカフェはどうでした？」

「その時間はやはり満室だったが、防犯カメラに入室する重参が写っていた。コピーが明日、署に届く」

「本当ですか？　佐江さんはそれをご覧になりました？」

「見た。キャップをかぶって紙袋を抱えたジーンズ姿の女だ。顔の正面は写ってない。一時間で退室したが、でていくときはドレス姿だった。だからここの店長が見た女の可能性は高い」

「インターネットカフェは身分証の提示を求めなかったのですか」

「求めた。女は、『ジャングル』の会員証を見せている。『ジャングル』はチェーン店なので、どこかの店で会員になれば、あとは会員証を見せるだけで入店できる。会員証の番号は記録にあるから、ビデオ映像といっしょに情報が明日届く筈だ」

「やった」

思わず川村はガッツポーズをした。映像と会員証の情報があれば、出頭前に重参を確保できるかもしれない。そうなれば大手柄だ。

「喜ぶな」

佐江がぴしゃりといった。

「なぜ重参が着替えてまで、ここにいたのかを考えてみろ。警察の動きを予測している。防犯カメラの映像や会員証の情報ではつかまらない自信があるんだ」

「そうか……。その通りですよね」

川村はうなだれた。

「でもなぜ、重参はここにわざわざきたんでしょう？」

「問題はそこだ。Ｈ県警が本当に警視庁と連絡をとったのかを確かめるのがひとつ。さらに考えられるのは――」

いって佐江は黙った。

「考えられるのは何です？」

「警察以外に自分の情報が伝わっていないかを知ろうとした」

「警察以外？　どこです」

「『冬湖楼事件』の実行犯がプロなら、雇った人間に県警から情報が伝われば、またプロが動く」

「待って下さい、それって――」

「重参の考えを推理しているだけだ。実際にそうだといっているわけじゃない」

「もちろんですよ！　そんなこと、ありえません」

川村は語気を強めた。

「県警を信用できないと考えているからこそ、重参は俺を指名してきた」

「だったら、佐江さんを指名した理由にも疑問があります」

思わずいった。

「だからこそ俺の行確をしたのだろう。俺を洗って、重参とのつながりが見つかったか?」

川村は首をふった。

「だろ。俺にもわからないのだから、お前らにわかる筈がない。ただ、いえるのは、この重参はかなり頭がいい。そして頭がいいからこそ、この三年、つかまることも殺されることもなく、潜伏できた。そんな女を簡単に見つけられるとは思わないことだ」

「でもなぜ——」

「なぜは本人から訊け。無事、出頭さえさせられれば、理由がわかる。とりあえず戻るぞ」

佐江はいって、立ちあがった。

7

翌日の正午、佐江が新宿署に出勤すると、組対課の入口で、いてもたってもいられないという表情の川村が待っていた。

「佐江さん！」

「早いな。何時からいたんだ？」

「九時です。そんなことより電話がかかってきました！」

「いつだ？」

「ついさっき。十一時二十八分です」

「でたのか？」

「自分が、ですか。まさか。隣のデスクの方が電話をとって、いらしていないと答えたら、かけ直すといって切れたそうです」

「隣？」

佐江のデスクは島の端にある。隣は浅間（あさま）という、機捜からきた男だ。佐江はパソコンのモニターをにらんでいる浅間に歩みよった。

「俺に電話があったって？」

「メモ、おいてあります」

キイボードを叩（たた）きながら、浅間は答えた。

「十一時二十八分入電。女。佐江さん指名。名乗らず」

そっけないメモが佐江のデスクに残されている。

「女の年齢の見当はつくか」

「若い美人です」

モニターから目をそらさず浅間はいった。

「美人だとどうしてわかる」

「勘です。美人の声ってのがある。そんな声でした」

かたわらの川村が目を丸くした。浅間はくるりと椅子を回し、二人を向いた。

「冗談です。でも声が若かったのは本当です。二十代から三十代。ていねいな喋(しゃべ)り方だが、向こうの名前を訊くと、切りました」

まっ黒に日焼けしている。サーフィンが趣味なのだ。

「いつくる、とは訊かずか?」

浅間は頷いた。

「深刻な声ではありませんでしたか」

川村が訊ねた。浅間はあきれたように川村を見た。

「ちょっと話してわかるほどは深刻じゃなかったね。どちらかというと事務的な喋り方で、借金とりかと思ったくらいだ」

「重参ですよ、きっと」

川村はいった。不安げな顔をしている。

「またかけてきます」

浅間がいった。

「なぜわかる？」

「名前を訊いたといったでしょう。返事が『またかけます』だった」

浅間はほがらかにいった。佐江は時計を見た。

「次にかけてくるとすりゃ二時頃だな。でかけてくる」

「待って下さい！　どこへいくんです」

川村があわてた顔になった。

「昼飯がまだだ」

「そんな。重参がいつかけてくるかわからないのに」

「いつかけてくるかわからないから、飯を食いにいくんだ。飲まず食わずで待つのはご免だ」

「そんな」

「お前もまだ飯を食ってないのだろう？」

「それはそうですけど――」

「ラーメン奢ってやるよ」

「また共栄軒ですか、好きだなあ」

浅間がいった。川村を見る。

「この人、週に三回は、そこでチャーシューメンを食べるんだ」

「うるさい。人の好みに文句をつけるな」

川村は途方に暮れたようにいった。

「でも、またかかってきたら――」

「じゃあこうしよう。浅間、もしまたかかってきたら、俺の携帯の番号を教えて、そっちにかけさせろ」

「名前は？」

「訊かなくていい。借金とりなら、俺の携帯の番号はとっくにおさえている」

「了解です」

浅間が頷いたので、佐江は川村の肩を叩いた。きのうとはちがう、グレイのジャケットを着ている。

「いくぞ」

共栄軒は、新宿署をでて青梅街道を渡り、細い路地を進んだ先にあった。三十年近く、この場所で営業している。署の人間はあまりこない。味が薄いというのだ。佐江はそこが気に入っている。

「チャーシューメンふたつ」

川村の好みも訊かず、佐江は注文した。白いエプロンをつけた女将が水のコップをテーブルにおく。

「携帯、もってきていますよね」

川村が不安げにいった。

「あたり前だろう。そうだ」

佐江は思いつき、携帯をとりだした。

佐江は元倉（もとくら）という男の携帯を呼びだした。かつて銃の密売人をしていて、トラブルから客に撃たれ引退した男だ。撃った客を佐江が逮捕して以来のつきあいだ。今はエアガンやモデルガンのショップをやっている。品揃（しなぞろ）えがマニアックで銃の知識も豊富なことから、ガンマニアのあいだでは有名らしい。

「久しぶりです。撃たれたって聞きましたけど、生きてたんですね」

「なんとかな」

「何で撃たれたんです？　理由じゃないですよ。道具です」

銃の種類を訊いているのだ。その瞬間を思いだし、佐江は撃たれたわき腹がひきつるような感覚を味わった。

「マカロフだ」

「九×十八っすか。あれは九パラよりは威力が低い。九パラだったらヤバかったんじゃないすか」

元倉はいった。九パラとは九ミリパラベラムのことで、マカロフの弾丸より一ミリ薬莢のサイズが大きい。佐江は苦笑した。

「お前が撃たれたのは何だっけ？」

「訊かないで下さいよ、恥ずかしい。二十五口径ですよ。ミリでいや、六・三五です。九ミリに比べたら豆鉄砲みたいなもんです」

「ちょっと相談にのってもらいたいんだ。あとで店に顔をだしていいか」

「いつでも大丈夫です」

「じゃあ、昼飯を食ったら、顔をだす」

チャーシューメンが到着した。佐江は大量のコショウをふりかけ、箸を手にした。

「いただきます」

いってひと口すすった川村も、すぐにコショウに手をのばした。

食べ終え、歯に詰まったチャーシューの切れ端をとるため、佐江はヨウジをくわえた。

「ごちそうさまでした」

共栄軒をでると川村がいった。

「味が薄くなかったか」

「いえ。自分はあれくらいがちょうどいいです」

川村は首をふった。

「気をつかわなくていいぞ」

「本当です！」

佐江は笑った。

「割とムキになるところがあるな」

川村の顔が赤くなった。佐江は署とは反対の方角に歩きだした。

「どこへいくんです？」

「くりゃわかる」

新宿税務署の通りをはさんだ南側、西新宿八丁目にある小さな雑居ビルの階段を佐江は登った。元倉の店は三階のワンフロアを占めている。看板はだしておらず、扉についたインターホンに小さく「ＡＩＭ」とだけ書かれている。

そのインターホンを佐江は押した。ガチャッというロックの外れる音が聞こえ、扉が開いた。

「いらっしゃい」

白髪交じりの長髪を束ね、骸骨のように痩せた元倉が迎えた。歩くときに左脚をひきずるのは撃たれた後遺症だ。

店に一歩足を踏み入れた川村は目を丸くした。ありとあらゆるタイプの銃が陳列されている。拳銃だけではなく、ライフル、ショットガン、サブマシンガン、天井からは対戦車ロケット砲のレプリカも吊るされていた。

機械油の匂いが鼻を突いた。

「元気そうじゃないですか」

元倉の問いに、

「まあな」

と佐江は答え、川村を紹介した。

「Ｈ県警捜査一課の川村さんだ」

「ほう。捜査一課」

元倉は笑みを浮かべたが、かえって無気味な顔になる。

「よろしくお願いします」

川村は硬い表情で頭を下げた。

「『冬湖楼事件』て、知ってるか」

佐江が訊ねると、元倉は大きく頷いた。

「あれ、H県か。そうか！」

川村に目を向け、訊ねた。

「犯人が使った道具、四十五だったすよね」

川村はさらに緊張した顔になった。

「どうしてそんなことを知ってるんです？」

「ネットで見たんです。四十五口径、三人死んで一人昏睡中なんでしょ。死んだ中には市長もいた」

川村は佐江を見た。

「この人、詳しすぎです」

「銃が使われた事件の情報を集めるのがこいつの趣味なんだ」

佐江はいい、元倉に訊ねた。

「四十五を使うプロに心当たりはないか」

即座に元倉は首をふった。

「今どき四十五使うなんて、めったにいません。でかいしかさばりますからね。使ってるのはネイビーシールズとか、特殊部隊です」

「特殊部隊がなぜ使うんだ？」

佐江は訊ねた。

「弾速が遅くて威力があるからです。今、世界の軍用拳銃は九パラが主流です。九パラなら、弾倉に十発以上詰められる。でかい四十五口径弾じゃ、そうはいきませんからね。でも弾丸が大きいぶん、一発で仕止めたい特殊部隊の連中には重宝されるんです。あと九パラは音速を超えるんで、サプレッサーの減音効果が低い。四十五は弾速が遅いんで、ソーコムなど、特殊部隊向けの消音拳銃に使われています」

「ソーコム？」

「正式名称はヘッケラーアンドコック・ＭＫ23。ドイツの銃器メーカーがアメリカの特殊作戦軍の依頼をうけて開発した消音拳銃です」

「その銃は日本に入っているか？」

「どうですかね。米軍関係者か情報機関の人間でもない限り、簡単には入手できない銃ですから。値段も高いし。『冬湖楼事件』じゃソーコムが使われたんですか？」

佐江は川村を見た。川村は首をふった。

「わかっているのは、ほしが四十五口径の拳銃を使ったということだけです」

「ただの四十五なら、米軍の旧制式拳銃のコルトM一九一一が手に入ります。銃がごついんで、日本じゃあまり人気はないっすよ」

「女性でも撃てますか？」

川村が訊ねた。元倉は両手を組んで前につきだした。

「一九一一は弾倉に七発、薬室に一発のフルロードで、一・五キロにはなります。そいつを撃つにはしっかり両手でホールドしなけりゃならない。ですが重い銃ってのは、それだけ踏んばってかまえるから、意外に当たるんです。女でも、訓練さえうけていれば扱えます」

「訓練をうけていないと？」

佐江が訊くと元倉は首をふった。

「それは無理です。まずスライドが引けませんよ」

コルトM一九一一やマカロフのようなセミオートマチック拳銃は、遊底（スライド）を引いて初弾を薬室に装塡（そうてん）しなければ発砲できない。元倉はコルトM一九一一でそれをするにはかなりの力がいると説明した。右利きなら右手で銃を握り、左手で遊底を引く。慣れないと、男でもかなりの力を要する。

「四十五口径を使うプロの話を知らないか？」

佐江の問いに元倉は首を傾げた。

「日本の話ですよね。戦後すぐなら、米兵から流れたような一九一一が出回っていたかもしれませんが、今の時代はやっぱり九パラが主流で、グロックみたいに扱いやすい銃もある。わざわざ四十五を使うのは、よほどこだわりがあるってことです。しかもこだわっていたら、自分の仕事だってのを警察とかに宣伝するようなものだ。日本じゃ難しいんじゃないですか」

「なぜ難しいんです？」

川村が訊ねた。元倉が佐江を見やり、答えた。

「仕事で使った道具は、手もとに残さないのがプロの鉄則です。同じ道具を使いつづけていたら、つかまったとき、それまでの殺しが自分の仕事だとバレる。だからといって処分したら、いつ次の道具が手に入るかわからない」

「ではプロは容易に手に入る銃を使うということですか？」

「簡単に手に入るってことは、程度が悪いか前があるか、です。程度が悪いのは危なくて使えないし、前というのは、すでにどこかで使われたってことですから、やってもいない仕事の犯人にされる可能性がある。そんな銃はもちろん使えない。程度もよくて前もない銃を選ぶしかない。そうなると口径だの何だのにこだわっちゃいられない。アメリカだったら、いくらでも好きな銃が闇ルートで手に入るでしょうが、日本じゃそうはいきません」

元倉が説明した。

「するとほしがプロだとしても、四十五口径の銃を使ったのはたまたまだったということですか？」

「その可能性が高いと思います。プロだとすれば、ということですが」

「プロじゃない可能性があると思うか？」

佐江は訊ねた。元倉は腕を組んだ。

「難しいところですね。現場から薬莢は見つかったのですか？」

川村に訊ねた。今度は川村が佐江を見やった。佐江は頷いた。

「見つかりました。おっしゃるように四十五ＡＣＰ。セミオートマチック用の四十五口径弾の薬莢でした」

「回収はしなかったのか」

元倉はつぶやいた。

「どうなんだ？」

佐江は畳みかけた。

「プロか、セミプロ。ど素人じゃありません」

「ど素人じゃないと思う理由は？」

「薬莢を回収していないからです。素人だったら、銃を手もとに残したいと考え、少しでも銃につながる証拠を消そうと、薬莢を回収したでしょう」

「証拠を消したいのはプロでも同じなのではないですか」

川村が訊ねた。

「薬莢なんてどこへ飛ぶかわからないし、殺しのあと、ひとつひとつ拾い集める馬鹿はいません。だったら銃を処分しちまったほうが簡単です」

「つまり銃を使い捨てるつもりだったから、薬莢を回収しなかった？」

佐江の問いに元倉は頷いた。

「それに、銃を捨てたくないのに薬莢も回収しないような阿呆だったら、とっくにつかまっています。そういう奴は銃をふり回したいだけの馬鹿ですから、『冬湖楼事件』のあとも必ずどこかで銃を見せびらかすか、ぶっぱなしてる筈です」

元密売人らしい考え方だ。

「するとほしは四十五口径にこだわっているわけではないと思うんだな」

佐江は元倉を見つめた。

「断言はできません。ただ四十五にこだわっているプロがいるなら、冬湖楼の前や後にも、四十五を使った仕事があった筈です。でも聞かないじゃないですか」

「確かにそうだな」

佐江は認めた。

「でしょう。だからプロかセミプロだと思うんです。現場から薬莢はいくつ回収されたんですか？」

「八個です」

今度は佐江をうかがうことなく川村は答えた。

「被害者の体に撃ちこまれた弾丸の数も八発でした」

「つまり一発も外していない？」

元倉は驚いたようにいった。川村は頷いた。

「現場となった『銀盤の間』の床や壁から検出された弾頭は、被害者の体を貫通したものばかりでした」

「貫通した？　するとフルメタルジャケットだったんですか」

「はい。軍用弾でした」

軍用弾は貫通力を高めるため鉛の弾頭に銅合金のカバーがかぶせられている。貫通力の高い弾丸のほうが「人道的」だという理由だ。

「素人じゃないですね。フルメタルジャケットなら、おそらく火薬を目いっぱい詰めた大量生産品だ。四十五のファクトリーロードはガツンときますからね。一発も外さないなんて、かなりの腕だ」

元倉はいった。

「八発の内訳は？」

佐江は川村に訊いた。

「各被害者に二発です。ほしは全員をまず一発ずつ撃ち、そのあと止めを刺すために二発目を撃ちこんだことが検証から判明しています」

「やり口は完全なプロだな」

元倉は指鉄砲を作り、左から右に動かした。

「逃げられないように、まず一発ずつ撃つ」

それから指鉄砲を床に向けた。

「次は止めだ」

首をふる。

「相当なタマですよ。中にはまだ生きている者もいただろうに、そこに二発目を撃ちこむなんて」

「そうなんです」

川村がいった。

「心当たりはあるか」

佐江は元倉を見つめた。

「そこまでとなると何人もいません。組の人間となるとわかりませんが、フリーならせいぜい二、三人てとこです」

「組の人間はなぜわからないんです？」

川村が訊ねた。

「自前の殺し屋がいるなんて、組うちにもいえないからです。そいつがどこかに動くだけで、皆、疑心暗鬼になりますからね。そういうのはたいてい本部の直轄で、こっそり外国で訓練をうけ、いざってときまで正体を隠しています。道具も決して手もとにおいていません。佐江さんならわかるでしょう」

佐江は頷いた。かつて「マニラチーム」という殺し屋軍団と渡り合ったことがあった。バブル時代に、口封じのためにフィリピンで殺人をくり返した、暴力団の外部グループが先鋭化し、本体の組員すら恐れる独立組織になったのだ。銃器に精通し、相手が警察官だろうと躊躇(ちゅうちょ)なく撃ってきた。

「だが組に所属する殺し屋はカタギを的にかけない。ちがうか？」

佐江はいった。

「確かにそうです。連中には連中のプライドがありますからね。丸腰のカタギを撃つような真似はしないと思います」

「冬湖楼で撃たれたのは、皆カタギだったな？」

佐江は川村を見た。川村は頷いた。

「暴力団関係者はいません」

「するとフリーの殺し屋か。誰がいる？」

佐江は元倉に目を移した。元倉は顔を歪(ゆが)めた。

「名前まで知ってるわけないじゃないですか。せいぜい渾名(あだな)です」

「その渾名を聞かせろ」

「勘弁して下さい。俺はもう引退してケツモチもいない。もし俺の口から洩れたなんてことになったら、『冬湖楼事件』の犯人だろうがなかろうが、黙らされちまいます」

確かにその通りだ。フリーの殺し屋は、自分に関する情報が流れるのを何より嫌う。警察もさることながら、これまでの仕事の仕返しを恐れるからだ。

「お前が洩らしたことは誰にも伝わらない」

「無理です」

元倉の目は川村を見ていた。佐江は信用できても川村は信じられないのだろう。実際、殺し屋に関する情報をどこで入手したか、川村は上司に告げる可能性がある。そのH県警を、阿部佳奈は信頼できないといっているのだ。H県警から実行犯に伝わらないという保証はない。

「わかった」

佐江が頷くと、川村は不満げに頬をふくらませた。

「ヒントでもいいんです。何か教えて下さい」

元倉に食いさがる。

「よせ」

佐江は止めた。

「いくぞ」

「でも――」

「おい」

佐江は川村の目を見すえた。

「ここは俺の縄張りだ。俺のやり方が気に入らないなら、さっさと地元に帰れ」

川村の顔が怒りで赤く染まった。

「ほしにつながる手がかりかもしれないのに、佐江さんはいいんですか」

「ほしってのは、冬湖楼だけじゃないんだ。他のヤマを踏んだほしの情報だって重要なんだよ。お前は冬湖楼のほしさえ挙げられりゃ大手柄だろうが、この男にはまだまだ役に立ってもらわなけりゃならない。消されたら誰が責任をとれる？　え、いってみろ」

川村は唇をかんだ。

「いろいろ助かった」

佐江は元倉に告げ、店のドアに向かった。二人きりなら、元倉は殺し屋の渾名を教えたかもしれない。が、川村のいる場では無理だ。ひとりで出直す他ない。

「ＡＩＭ」の入った雑居ビルをでたところで佐江の携帯が鳴った。振動音をたてる携帯を手にした佐江を川村が見つめる。公衆電話からの着信だ。

「佐江さん――」

佐江は無言で頷き、耳にあてた。

「佐江です」

相手は沈黙している。

「もしもし、佐江ですが」

息を大きく吸う気配があり、

「あの、佐江警部補の携帯電話ですか？」

と女の声が訊ねた。

「そうですが、そちらは？」

「阿部と申します」

「どちらの阿部さんでしょう」

「阿部佳奈、と申します。H県警察の方からお聞き及びになっていらっしゃいませんか」

女はいった。

「聞いていますが、あなたが本物の阿部佳奈さんだという確証が、私にはない」

「わたしは本物の阿部佳奈です。それに――」

女の声に力強さが加わった。

「わたしもあなたが、本物の佐江警部補でいらっしゃるかどうか、確かめられません」

「なるほど、お互いさまというわけですな」

「確かめさせて下さい」

女はいった。

「どうぞ」

「三年前、佐江さんの捜査に協力した中国人通訳の方がいた筈です。その方の名前をおっしゃって下さい」

佐江は息を吸いこんだ。

「毛だ。本名はちがうが、捜査のときは毛という偽名を使っていた」

互いに命を救いあった。中国国家安全部に殺されかけながらも佐江の捜査に協力した。入院先の病院から姿を消し、それきり会っていない。

「確認できました。失礼しました」

「あんたは誰から毛のことを聞いた？」

佐江は口調をかえた。

「それはお答えできません。わたしは阿部佳奈、東京虎ノ門の弁護士、上田和成先生の秘書をつとめていた者です。本人かどうかは、お会いして話せば、わかります」

「それはどうかな。俺はもともとあんたを知っていたわけじゃない。会って話したからといって、本物かどうかの判断は難しい」

佐江はいった。かたわらの川村ははらはらした表情を浮かべている。

「確かにおっしゃる通りです。でもわたしが偽者だったら、佐江さんに電話をさしあげる理由がありません」

「確かにそのとおりだが、俺に恨みのある人間が仕返しのために阿部佳奈の名を使っているという可能性もある。あまり好かれない生き方をしてきたのでね」

「それが佐江さんのお名前をあげさせていただいた理由です。あるところで佐江さんは同じ警察内の権力に屈しない方だとうかがいました」

「それほどたいした人間じゃない。ただの嫌われ者だ」

「そうおっしゃるだろう、とも聞きました」

「誰からだ？」

「それもお会いしたら、お話しします」

佐江は息を吸いこんだ。

「いいだろう。どこでいつ、会う？」

「わたしが決めてよいのですか」

「あんたはH県警を信用していないらしい。だが連中には連中のプライドがある。俺が勝手に決めたら、ヘソを曲げるだろう。あんたが決めたとなれば、呑むしかない」

本音だった。と同時に、どこを指定するかは、この女の状況を知る手がかりになる。

「一時間後にまたお電話をします」

切ろうとしたので、

「待った」

と佐江はいった。

「何でしょう？」

「あんたがなぜH県警を信用できないと考えているのか、その理由を教えてくれ。それを知らないと、犯人につながっていくための手がかりがとりづらい」

「犯人につながっているからです」

ためらうことなく女は答えた。

「どうしてそう思うんだ？」

「それをお話しすると長くなります。では失礼します」

電話は切れた。

「どうなりました？」

今にも食いつきそうな顔で川村が訊ねた。

「一時間後にまた電話がある。場所と時間は向こうが指定する」

「失礼します」

いうや、川村は自分の携帯をとりだした。

上司への報告を始めた川村を尻目に佐江は歩きだした。

違和感があった。女は三年前に起きた「五岳聖山事件」のことを知っていた。外務省と警視庁公安部、そして中国国家安全部を巻きこんだ中国人連続殺人事件だ。

警視庁公安部外事二課は、日本に帰化申請中の中国人を「捜査補助員」という名目で採用したが、中国のスパイだと疑ってもいた。

そこで白羽の矢が立ったのが佐江だった。暴力団、中国人犯罪者に詳しく、警視庁公安部の情報を洩らす気づかいのない「カス札」だ。

佐江はその男毛と、外務省アジア大洋州局中国課に所属する野瀬由紀（ゆき）の三人で殺人事件の捜査にあたることになった。野瀬由紀はノンキャリアだが抜群の情報収集能力をもっていた。鼻柱が強く何度も対立したが、その知識と決断力に、佐江は唸らされた。

捜査が進むにつれ、かかわりをもつ日中の反社会的勢力の妨害をうけた。その結果多くの人命が失われたが、警視庁公安部と中国国家安全部の判断で、それが公になることはなかった。

毛はもちろんだが、野瀬由紀ともその後は会っていない。

阿部佳奈を名乗る女が野瀬由紀の筈はない。野瀬なら声を聞けばわかるし、それ以前に

「冬湖楼事件」と「五岳聖山事件」が同じ時期であったことを考えると、野瀬が二役を演じるのは不可能だ。

だが野瀬由紀を除けば、佐江と毛の関係を知る女性の事件関係者は存在しない。

あるとすれば、野瀬由紀と阿部佳奈が友人で、事件の話を聞かせた可能性だけだった。

野瀬由紀の携帯番号を知っていた筈だ。そう思い、佐江は携帯をとりだしかけ、舌打ちした。携帯を新しくしたとき、過去の事件関係者の番号を残さなかった。二度とかけることもないし、かかってくることもない番号は消去した。その中には、何人もの死者がいる。

事故や病気ではなく、他人に命を奪われた者たちだ。奪った者の命を、佐江が奪ったこともある。

そうした記憶を消したくて、番号を残さなかったのだ。

野瀬由紀と連絡をとるためには、外務省に電話をかける他ない。役所を通すのは億劫(おっくう)だし、野瀬に迷惑をかけるかもしれない。

家に帰って古い携帯電話を調べてみよう。壊れていなければ、メモリーに残っている筈だ。

まずは署に戻り、「五岳聖山事件」のファイルをチェックする。阿部佳奈に関連するような事件関係者がいなかったかを、捜すつもりだった。

8

「かかってきました？」

署に戻った佐江に、隣のデスクの浅間が訊ねた。佐江が無言で頷き、デスクのパソコンを立ちあげた。

遅れて組対課に戻ってきた川村が、所在なげにつっ立っている。佐江はそれを見て手招きした。空いた椅子をもって横にくるよう指示する。

「上司は何といっていた？」

「五岳聖山事件」のファイルを開きながら訊いた。

「喜んでいました。これで重参を確保できます」

佐江はパソコンの画面に目を走らせた。「五岳聖山事件」の報告書は極秘扱いになっている。佐江が今見ているのは、自分のために作ったファイルだ。

関係した人間のリストをまず調べた。阿部という姓の人間は警察官の中にもいない。

女性の事件関係者は、やはり野瀬由紀だけだ。

かたわらの川村を佐江はふりかえった。

「『冬湖楼事件』の関係者に中国人はいるか?」

「中国人、ですか?」

川村はとまどったように訊き返した。

「そうだ。現場となった料亭の従業員でもいい。中国人はいなかったか」

「いません」

「確かか?」

「はい。地元で中国人観光客はたまに見かけますが、働いている中国人を見たことはありません」

佐江は唸り声をたてた。もう一度人名リストを見つめる。

「阿部佳奈の出身地は神奈川です」

川村がいった。

「都内のR大を出たあと、神田の大手法律事務所に五年勤務し、そこを独立する上田に引き抜かれました」

「なるほど」

「大学時代、ホステスのバイトをしています」

「ホステス？」

「高校生のときに両親が事故死したため、生活費と学費の両方を稼ぐ必要があったようです。同居している妹がいて、この妹もホステスのアルバイトをしていましたが、阿部佳奈が就職して二年めに薬物中毒で死亡しています」

「薬物中毒死だと。いつ、どこでだ」

川村は手帳をとりだし、すらすらと答えた。

「二〇XX年の九月八日です。渋谷のキャバクラ『エデン』で営業中の午後十時過ぎ、『息が苦しい』といって倒れ救急車で運ばれましたが、その日のうちに病院で息をひきとりました。解剖がおこなわれ、薬物の過剰摂取による心不全と死因が判断されました。薬物は、規制前の脱法ドラッグで、これを常用していたとの情報があったとのことです。ちなみに、このキャバクラは潰れています」

「姉の阿部佳奈も同じキャバクラにいたのか？」

「いえ。阿部佳奈がいたのは、銀座の『絹代（きぬよ）』という店ですが、この店も現在は営業しておりません。阿部佳奈が就職した神田の法律事務所の所長は、この『絹代』の客でした。その縁で就職したようです」

「所長の名前は？」

「長野弁護士です。去年、癌で亡くなっています」

佐江は舌打ちした。川村がつづけた。

「阿部佳奈はもともと人づきあいを好むタイプではなかったようです。ホステス時代は頭の回転がよく、客にかわいがられたようですが、本音を話すことは少なく、妹の死後は雇い主となる上田弁護士とのあいだにも垣根を作っていたとのことです」

「引き抜かれ、ついていったんだ。それなりの仲だったのじゃないのか」

「上田弁護士の片想いだった、という話です。上田弁護士は阿部佳奈に好意を寄せ、結婚したいが了承してもらえないと、周囲に洩らしていたそうです」

「人に垣根を作る上に写真嫌いか」

佐江は首をふった。警察の捜索を三年ふりきるのは、プロの犯罪者にもたやすいことではない。手引きした人間がいる筈だが、阿部佳奈の経歴から判断して、それが暴力団員だとは考えにくかった。

佐江のデスクの電話が鳴った。交換からで、外線の指定電話が入っているという。

「つないでくれ」

「もしもし、佐江さんでいらっしゃいますか?」

さっきと同じ声の女だった。

「佐江です。今度は署ですか」

「いちおう確認をしたいと思いました」

「なるほど。では俺も確認させてもらいたい」

「何でしょう」

「あんたが最初に就職した法律事務所の所長の名を教えてくれ」

女は沈黙した。

「どうした？　忘れたのか」

女は黙っている。

「あんたをひっぱった恩人だろう」

「覚えています。ですが、この三年、あまりにいろいろなことがありすぎて、昔のことをほとんど忘れてしまったんです」

「そんなに昔じゃない筈だ」

「妹が亡くなったとき、精神的に不安定になり、治療をうけました。処方されたお薬のせいで、もの忘れがひどくなり、それが今も治っていません」

女の声は暗くなった。

「もし、その先生のお名前が思いだせなければ駄目だというなら、出頭はあきらめます」

「そうはいってない」

そんなことになったらH県警は激怒するだろうし、川村は立場を失くす。疑いを感じながらも、佐江はいった。

「で、落ち合う場所は決めたのか？」

「西新宿のフォレストパークホテルはどうでしょう？」

高層ビル街にあるシティホテルだ。

「フォレストパークだな。時間は？」

「明日の午後四時、佐江さんおひとりでロビーにいらして下さい。ようすを確認して携帯にお電話させていただきます」

「明日の午後四時。わかった。ただ俺ひとりというわけにはいかない。たぶんH県警の連中もくる」

「それはしかたありません。ですが佐江さんがわたしのそばにいて下さるのが条件です」

「そばというのは、フォレストパークホテルにいるあいだか？」

「いえ。H県にわたしが連行されたあとも、です。わたしの身を守って下さい」

「あんたの話を聞いていると、まるで県警が何かをしかねないようだな」

「そういう人もいます」

「本気でいっているのか？」

「犯人がつかまらなかったのはそのせいです」

佐江は息を吸いこんだ。

「つまり、あんたが俺に求めているのは出頭の立ち会いだけじゃなく、Ｈ県警による取調べのあいだも身辺を保護してもらいたいということか」

「おっしゃる通りです」

「そいつは制度上、難しいかもしれん。俺は警視庁の所属で、Ｈ県警じゃない」

「新宿署刑事ではなく、佐江さん個人に対するお願いだと申しあげたら？」

「あんたにお願いされる筋合いが俺にあるのか？」

「佐江さんが公正な警察官だというのが、その筋合いです」

佐江は大きく息を吐いた。どうせ辞めようと思っていた警察だ。制度に逆らうのもおもしろいかもしれない。

「あんたは俺を買いかぶっている。俺はそんなに立派な人間じゃない」

「警察には、もっと立派じゃない人間がたくさんいます」

「その口ぶりじゃ、よほど嫌な思いを警察にさせられたようだな」

「そういうお話もお会いしたときに」

女はいって、電話を切った。佐江は息を吐き、椅子に背中を預けた。

「フォレストパークホテル、明日の午後四時です」

川村が携帯に話している。

「待って下さい」

佐江をふりむいた。

「新宿署から他に誰かきますか？」

「そんなことまだわからない。上司か？」

川村は頷いた。

「何人、フォレストパークホテルにつっこんでもかまわないが、俺が合図をするまでは動くなといえ」

佐江の言葉を携帯にくり返し、

「了解だそうです」

川村はいった。佐江は宙をにらんだ。何かがしっくりこない。

「阿部佳奈がいた法律事務所ってのは、人権派をうたっているようなところか」

「え？」

電話を切った川村が訊き返した。

「警察を信用しなさすぎだ」

「阿部佳奈が、ですか」

佐江は頷いた。

「左翼思想をどこかで吹きこまれたか、よほど警察につらい目にあわされたか」

佐江の言葉を聞き、川村は黙って考えている。やがていった。

「逃亡をつづけている人間には、警察官は鬼にも悪魔にも見えるのじゃないでしょうか。実際に何かをされるわけでなくても、つかまったら、すべてを失うのですから」

佐江は川村を見やった。

「生意気なセリフだな。それにまちがっている。つかまったからすべてを失うわけじゃない。警察を恐れ逃亡をつづける時点で、そいつはもう、とっくにすべてを失くしている」

「でもそれが冤罪だとしたら？」

川村が訊き返した。

「いいのか、お前がそんなことをいって。H県警の人間として」

佐江はからかうようにいった。川村は苦しげな表情を浮かべた。

「正直、わからなくなりました。阿部佳奈がほしだったら、ここまでするでしょうか。これまで通り、逃げ回ることもできるのに」

「罪を逃れるためなら、嘘をつき通すという奴は多い。それに逃げるのに疲れたのかもしれん。ただ自首をしたのじゃ死刑になる。そこであれこれ画策しているんだ」

「佐江さんは、阿部佳奈が『冬湖楼事件』のほしだと思うのですか」

「そんなこと俺にわかるわけがないだろう」

答えて、佐江は立ちあがった。

「課長と相談してくる。待っていろ」

9

四十名の捜査員がH県警から東京に送りこまれることになった。二十名がまず今日のうちに東京入りし、西新宿のフォレストパークホテルとその周辺を下見する。残りの二十名は明朝、バスでくる。

先発の二十名を率いるのは、捜査一課長の仲田だ。新宿署で川村と落ち合うなり、仲田はいった。

「よくやった。明日、重参が確保できたら大手柄だ」

「ありがとうございます」

Ｈ県警の二十名を、川村は新宿署の会議室に案内した。新宿署長と組対課長、佐江が待っている。挨拶のあと打ち合わせが始まった。

「必要なら、うちからも人はだしますが、ご希望ですか？」

新宿署長が訊ねると、仲田は首をふった。

「お気持ちには感謝しますが、佐江さんおひとりで結構です」

「承知しました」

「ここにいる二十名と明朝到着する二十名、あわせて四十名をフォレストパークホテルとその周辺に配置する予定です」

「四十人いれば大丈夫でしょう。で、確保の手順は？」

新宿署長が佐江を見た。

「まず俺とこの川村くんが、ロビーで重参からの連絡を待ちます。重参は一般客に化け、ロビー内のようすをうかがっているものと思われます。万一、重参と思しい人物を発見したとしても、接触が完了するまでは行動を避けていただきたい。重参は頭がよく、変装も得意です。下手に動くと、逃げられる可能性がある」

佐江がいうと、

「変装、というのは？」

仲田が訊ねた。佐江が川村を見た。

「そっちから話せ」

川村は頷き、阿部佳奈が最後のメールを発信したあと、そのインターネットカフェを監視できる喫茶店にホステス風のいでたちでいたらしいことを説明した。

「このホステスらしき女性が阿部佳奈かどうかはわかりませんが、もしそうなら、つかまらない自信があったからこそ警察のでかたをうかがっていたとも考えられます」

「確かに三年も逃げ回っていれば、いろいろな仕事についているだろう。水商売に従事していたかもしれん」

仲田は頷いた。川村は嬉(うれ)しくなった。佐江は自分にチャンスを与えてくれたのだ。

「問題は重参の顔を、我々がほぼ知らないということです。重参は写真嫌いで、高校時代のものしかなく、女性は化粧などで容貌がかわる。この三年で整形手術をうけたかもしれない。それらしい女性を発見しても、それが囮(おとり)だという可能性もある」

「そこまでやるでしょうか」

驚いたように石井がいった。

「重参が三年も足どりをつかませなかったことを考えれば、どんな手を使ってもおかしくない。もし囮に我々が殺到すれば、その騒ぎのスキに逃げ、約束を破ったから二度と接触しない、といってくるかもしれん」

仲田の表情は険しかった。

「このチャンスを絶対に逃してはならない。そのためには、佐江さんの指示にしたがうんだ」

佐江が苦笑した。

佐江の考えも仲田の考えも、川村にはわかった。重参の確保に失敗したときの保険を、仲田はかけたのだ。佐江も自分が保険にされたと気づいている。

「他に何か留意する点はあるでしょうか」

仲田が佐江に訊ねた。佐江は首をふった。

「今のところありません」

阿部佳奈がH県警を信用していないという話をむし返す気が佐江にないと知り、川村はほっとした。

「よし、ではフォレストパークホテルと周辺の下見に向かう」

仲田がいったので、二十名が立ちあがった。

「地域課の者に案内させます」

告げた新宿署長に仲田は頭を下げた。

「何から何まで、ありがとうございます」

そして川村を見た。

「君は佐江さんといろ。重参がまた何かいってくるかもしれん」

「了解しました」

H県警の二十人が会議室をでていくのを見送り、佐江と川村は組対課に戻った。

自分のデスクにつくと、佐江は腕を組み宙をにらんでいた。息を吐き、固定電話の受話器をとると、交換台に告げた。

「外務省のアジア大洋州局中国課にかけ、野瀬という職員につないでもらって下さい」

川村は時計を見た。午後五時を過ぎている。通常なら帰宅していておかしくない。野瀬という外務省職員が「冬湖楼事件」に関係しているのだろうか。川村は佐江を見つめた。

受話器を戻した固定電話が鳴った。佐江は手をのばした。

「はい、佐江です」

どうやら交換台からのようだ。

「出張？　どこへ？　わかりました。ありがとう」

答えて、受話器を戻す。川村をふりかえった。

「あの女は、テストとして、俺が前にかかわった事件の関係者の名前を訊ねてきた。中国人の通訳で、そいつのことを知っている者は、警察官以外では、今電話をかけた、外務省の野瀬という女だけだ」

「女性なのですか」

「そうだ。今、中国に出張中らしい」

「その女性と阿部佳奈のあいだに接点があると考えられますね」

佐江は顎をなでた。

「俺もそう思ったが、確かめようがない」

「学校でしょうか。その外務省の方の出身校はどちらです？」

川村の問いに佐江は首をふった。

「知らん。だが気になることがある」

「何です？」

「ここにかけてきたとき、俺はあの女に、初めてつとめた法律事務所の所長の名を訊ねた。すると忘れたと答えた」

「そんな馬鹿な」

「この三年、いろいろなことがありすぎた。それと妹が死んだときに精神的に不安定になってうけた治療のせいでもの忘れがひどくなった、というんだ」

川村は信じられない思いで佐江を見つめた。

「まさか――」

「ありえない話だ。一度や二度しか会っていない人物ならともかく、就職の世話をした上に、何年もつとめた法律事務所の所長の名だ」

「でも忘れたのでないとしたら、その女は偽者ということになります」

川村の言葉に佐江は頷いた。

「その弁護士の名を思いだせなければ駄目だというなら、出頭はあきらめる、といった。それ以上、追及できなくなった」

川村は混乱した。阿部佳奈が偽者だとしたら、いったい何のために出頭するといいだしたのか。本格的な取調べにあえば、本人でないことはすぐに露見する。

「わけがわかりません」

「ああ。俺も同じ気持ちだ。いったいこの女の目的は何なのだろう」

「そのことは仲田課長にはおっしゃってないのですね」

「身柄を確保すれば、はっきりすることだ。焦って報告してもどうしようもない。それに偽者の可能性がでてきたからといって、出頭を拒むわけにもいかないだろう」

「確かにその通りです」

川村は深々と息を吸いこんだ。

阿部佳奈を名乗っているのは、いったい何者なのだろうか。もし偽者なら、その目的は何なのか。

「もしかすると……いや、そんな……」

「もしかすると何だ？」

「偽者でも『冬湖楼事件』の犯人を知っていて、告発するつもりだとか」

「重参のフリをしてまでか」

「ですよね。わけがわからない」

「とにかく明日だ。明日にははっきりする」

佐江はいった。

10

H県警の後発部隊は、高速道路の混雑を避け、午前七時に新宿警察署に到着した。そこで先発部隊と合流し、前の下見をもとにして、張り込みの打ち合わせがおこなわれた。

佐江が午前九時に出勤すると、川村はすでに新宿署にいた。

新宿署長、副署長、組対課長とともに、午前十時、四十名のH県警捜査部隊と佐江は顔を合わせた。四十名を率いるのは、捜査一課長の仲田で、打ち合わせにはH県警察刑事部長の高野も同席している。県警察刑事部長となれば警視長や警視正で、新宿署長より上か同クラスの階級となる。

お偉方どうしの儀礼や腹の探り合いに興味はない。挨拶もそこそこに、佐江は集まった四十名の顔を見渡した。

かなりやりそうな面がまえの者もいるが、見るからに緊張し、不安げな表情を浮かべている者もいる。女性警察官は、わずか四人しかいない。

「配置について、佐江さんのご意見を聞かせて下さい」

仲田がいった。フォレストパークホテルロビーの見取り図を手にしている。

「ホテル側とは話がついていて、正午から周辺に捜査員を配置できる状況にしてもらいます。とはいっても、捜査員以外の利用者を排除するわけにはいきませんので、一般の客も入れるようにします。重参は、その一般客に交じって、ようすをうかがうと思われます。そこで、この配置図です」

ロビーの見取り図に佐江は目を落とした。

ロビーはホテル一階部にある。ロビー二階は吹き抜けになっていて、三階部とつながったらせん階段を中心に、テーブルや椅子が配置され、階段の北側は十席ほどのカフェテリアとなっている。

「このカフェテリアの中心席に佐江さんと川村くんにすわってもらい、周辺席にはすべて捜査員を配置します。東隣の席には、カップルを装った一組、西隣に男子四名、南隣に女子一名男子二名、残りはロビー内部、およびその周辺で、一部にはホテルの制服を着用させる予定です」

「無線機はどうします？」

「もちろん全員にもたせますが、イヤフォンから警察官とバレぬよう、カフェテリア周辺席の者には、テーブル上においた携帯のラインで、情報を伝達します」

「了解しました。我々はいつ？」

「重参が指定したのが十六時なので、十五時二十分には現地入りを願います。当該席には予約の札を立ててもらっておきます」

仲田の説明に佐江は頷いた。

「ホテル周辺部の張り込みは正午から開始し、内部については、営業の妨げとならないよう十四時から開始する予定です。佐江さんと接触するまで、たとえ重参と思しい人物がいても、近づかないよう通達します」

仲田はつづけた。

「ご協力を感謝します」

いかにもキャリアといった、色白で眼鏡をかけた四十代の高野が右手をさしだした。

「この事案がなければ、お役御免になる予定だったのですがね」

佐江はいった。

「少し、聞いております。警視庁のほうでは、佐江さんにかわる人材はないと考えているようですが」

見えすいたお世辞だった。

「だからこそ、放りだしたいのじゃないですかね」

高野は困惑した表情を浮かべた。組対課長が割って入った。

「佐江さんは、うちの一番の古顔です。管内のマルBに詳しすぎて、動かすに動かせないのですよ」

「もらい手がないってだけです」

組対課長がにらみつけた。

「打ち合わせをつづけて下さい」

佐江は仲田に向きなおった。

「捜査員に拳銃をもたせていますか」

「拳銃を、ですか」

仲田は瞬きした。

「『冬湖楼事件』の犯人は拳銃を使用しています。この重参が凶器を所持していないという確証はありません」

「しかし凶器は素人の女が扱えるものではありません」

「共犯者が近くにいるかもしれない。あるいは出頭する重参の口を塞ごうと考える者が現れる可能性もある」

仲田は高野と顔を見合わせた。

「たとえ武装している共犯者が近くにいたとしても、これだけの人間がいれば、何かする前におさえこめると考えます」

仲田がいった。佐江は頷いた。

「そういうお考えなら、それで結構です」

「佐江は心配性なんです。この男の扱った事案には、やたら道具をもったのがかかわっていたので」

組対課長がいった。よけいなことはいうな、と目で訴えている。武装した四十人もの管轄外警察官に張り込みをされたくないのだ。もちつけない拳銃を万一暴発でもされたらたまらないと考えている。

「とりこし苦労が好きなんでね」

佐江は組対課長にいった。

H県警による細かな打ち合わせが始まると、佐江は会議室をでていった。川村も、さすがにあとを追ってはこない。

組対課には戻らず新宿署をでると、「ＡＩＭ」に向かう。「ＡＩＭ」の開店は午前十一時で、それには少し早かったが元倉は店にいた。

「前の話のつづきをしにきた」

「この前の兄ちゃんはどうしました？」

「会議にでている」

元倉は頷き、店内の椅子を佐江に勧めた。それを断り、佐江はいった。

「殺し屋の渾名だけでも聞きたくてな」

元倉はキャスター付きの椅子に腰をおろすと、飲みかけの缶コーヒーを手にとった。

「そうだと思いました。簡単にあきらめてくれる人じゃない」

「で、どうなんだ？」

元倉は喉を湿らせ、息を吐いた。

「話のでどころは本当に内緒にして下さい」

「あんたにいなくなられたら、俺も困る」

元倉は宙をにらんだ。

「ひとりめは、かなりのベテランで『ボート屋』って渾名です。どこかでボート屋をやっていたか、競艇の選手だったか、らしい。もうひとりは『中国人』。渾名が『中国人』で、本当に中国人かどうかはわかりません。じゃあなぜ『中国人』かというと、東砂会がいっとき専属にしていたことがあって、組の幹部会での通称が『中国人』だったからなんです。『中国人に頼もう』とか、『中国人にやらせろ』って具合です。こいつが四十五を使っていたという話を聞いたことはあります。ところが、ツナギをやっていた小田さんてのが亡くなった。知ってます？」

佐江は頷いた。東砂会は北関東に本部をおく指定広域暴力団で、小田は東京支部長だった。

「四年前に内輪もめで殺された」

「ええ。それ以降、専属を外れてフリーになったって話です」

「『ボート屋』に『中国人』か。他にいるか？」

佐江が訊ねると元倉は首をふった。

「俺も現役をひいていますから、最近でてきたのがいても、わかりません」

「わかった。ありがとう」

佐江は懐から封筒をだした。二万円入っている。

「水臭いことしないで下さい」

「近いうちに引退するかもしれん。これまでの礼の気持ちもある」

「本気ですか」

佐江は頷いた。

「まさかハジかれて恐くなったのじゃないでしょうね」

「ハジかれたのは初めてじゃないし、昔から恐いと思ってた。本当だ」

信じられないという顔を元倉はした。

「辞めて何するんです？　警備会社とかにいくんですか」

元警察官には多い。

「いや、まるでちがうことをしたい。どこか南の国にでも移住するか」

「佐江さんが、ですか」

元倉は吹きだした。

「およそ、らしくないですよ。賭けてもいい、佐江さんは辞めません」

「その『ボート屋』と『中国人』だが、新しい話を聞いたら、知らせてくれ。多少つきあいのある連中はいるのだろう？」

佐江がいうと、元倉は小さく頷いた。

「いちおう、訊いてみます。怪しまれない範囲で」

「そうしてくれ」

佐江はいって「ＡＩＭ」をでていった。署には戻らず、そのまま歌舞伎町に向かう。

昼間ということもあるが、かつてに比べ極道の姿を見なくなった。シマと呼ばれる縄張りの仕切りが歌舞伎町にはない。本来、住所番地建物などで区分けされる暴力団の縄張りが、歌舞伎町では店ごとで異なる。そのためミカジメは早い者勝ちで、歌舞伎町に縄張りをもつ組は毎日見回りをおこなっていたものだ。取締まりが強化され、ミカジメはおしぼりや観葉植物のレンタルといった形をとるようになり、それも今は激減した。ミカジメを払い、ケツモチを組に頼むような店は、法外なぼったくり店だったり客に賭博をやらせたり、違法な風俗営業をしているようなところばかりだ。

そうした店は決して多くないので、必ず警察に目をつけられる。経営者はそれをわかっていて、証拠固めをした警察に踏みこまれる前に、稼ぐだけ稼いで逃げる。刑事の動きを知らせるのも、ケツモチの仕事だ。

法をはさんでにらみあう警察官と極道は互いの動きに詳しい。刑事が手入れの準備を始めると、どこからかその情報が組に伝わり、ケツモチをやっている店に警報が流れる。

そんな警報がでた日は、客引きもなりをひそめ、見回りの極道の姿も少なくなる。

さらに組どうしのいざこざで鉄砲玉が飛んだだの飛びそうだという話になれば、街の空気は一変したものだ。

「知らぬはカタギばかりなり」で、いつ銃弾が飛び交うかわからない路地に酔っぱらいがへたりこんでいた。

かつての新宿は、剣呑（けんのん）ではあるが、佐江にとって、わかりやすい街だった。それがかわっても、佐江は刑事の習性として歌舞伎町にでかけていく。ちょっとした空気の変化、風向きのちがい、匂いに、これから起こりそうな犯罪の気配を捜さずにはいられない。

今日、フォレストパークホテルでおこなわれる捕物を歌舞伎町の極道が知っている可能性は低いが、何らかの変化が街に現れているかもしれない。

歌舞伎町は静かだった。昨夜からの酔っぱらいの姿も少なく、歩いているのはほとんどが、海外からの観光客だ。スマートホンのＧＰＳ機能のおかげで、言葉を話せずガイドもいないのに、彼ら彼女らは目的地にたどりつき、写真を撮り買物をする。

　かつて不法滞在中国人が歌舞伎町を席捲していた頃、中国人観光客が最も訪ねたい日本の街が歌舞伎町だった。異国で活躍する同胞の姿を見たかったのだろう。小旗を手にしたガイドを先頭に歩く中国人の集団が、新宿のそこここで見られた。

　入国管理局と警察の連携で、多くの不法滞在外国人が新宿から姿を消し、ガイドに連れられた集団の姿も見なくなった。コンビニエンスストアや飲食店以外でも、あたり前に外国人就労者を見ることが多くなり、一店舗まるまる、従業員が外国人のみというブランドショップや量販店すらある。外国人イコール犯罪者という偏見を、今や佐江ですらもたない。

　街は生きものなのだと、つくづく思う。

　歌舞伎町から大久保に向かって歩いていると、佐江の携帯が鳴った。川村だった。

「佐江さん、今どちらです？」

「新大久保の駅の近くだ。何だ？」

「何だって……」

　川村は絶句した。

「心配するな。時間までにはフォレストパークホテルに向かう。そうだ、昼飯、食うか？」

「またラーメンですか」

「石焼きビビンパだ」

わずかに間があり、

「いきます」

と川村は答えた。新大久保駅に近い韓国料理店の位置を教え、佐江は電話を切った。

その店は大久保通りを北に入る一方通行路に面している。間口は小さいが三階だてで、午前中から深夜まで年中無休で営業していた。

佐江が訪れる昼どきは混んでいることが多く、表の路地まで行列ができるときもある。

少し時間が早いせいでそれほど混んでおらず、佐江は二階のテーブルに案内された。

顔見知りの女将が麦茶をだしながら、

「久しぶりね」

と声をかけてくる。

「ちょっと痩せた？　食べなきゃ駄目よ」

佐江は苦笑した。

「稼ぎが悪くて食えないんだよ」

「じゃあ働かなきゃ。いっぱい働いて、いっぱい食べる。ヘンボカダ（幸せよ）」

川村がきょろきょろしながら階段を登ってきた。佐江を見つけ、ほっとしたような顔になる。佐江は料理を注文した。

「いつのまにか、いなくなっちゃうんですから、焦りましたよ」

川村は恨めしそうにいった。

「身内の打ち合わせにまでいすわっちゃ悪いと思ってな。手順に変更はあったか？」

「ありません。最初に課長が説明した通りです。あ、新宿署のほうで何台か面パトを周辺に配置して下さることになりました。あくまでも非常事態に備えて、だそうです」

佐江は無言で頷いた。

「でも非常事態なんて起きるのかな。重参が現れなけりゃ、非常事態っちゃ非常事態だけど」

川村はひとり言のようにいった。声をひそめ、訊ねる。

「佐江さんは、重参が口を塞がれるかもしれないと考えているんですか」

「三年も逃げ回った理由を考えるとな」

「重参はほしを知っているってことですか」

「実行犯まではどうかわからないが、それを雇った人間に心当たりがあるのだろうな」

川村は目だけを動かし、考えていた。

「それって、あの場にいた誰かを消すつもりでプロを雇ったのか、全員が標的だったのか、捜査本部でもかなりもめた話です」

「結論はでたのか」

「いえ。マル害は市長を除いて全員、地元企業の関係者ですから、同じ動機で狙われた可能性もありますし、誰かひとりを狙ったとばっちりだったという可能性もあります」

「常にボディガードがついているような人間を狙うわけじゃない。わざわざ会食の場を選ぶ必要はなかった筈だ。少なくとも二人以上の標的がいたから襲ったんだ。会食の目的は何だった？」

「単なる親交らしいです。地元の経済界をひっぱっている人たちですから、定期的にそういう場をもっていたと聞きました」

じゅうじゅうと音をたてる石鍋が運ばれてきた。

「作ってあげようか」

女将の問いに佐江は頷いた。手際よく混ぜ合わされたビビンパから、うまそうなお焦げの匂いが漂った。

女将が去ると佐江は訊ねた。

「冬湖楼をいつも使っていたのか」

「いつもではないようですが、市内のホテルと交互に使っていたようです。メンバーも、市長と上田弁護士、重参を除く二人に、モチムネ本体の一族も加わったりして」

川村はモチムネが県内最大の地元企業であり、事件の起きた本郷市がその企業城下町であると説明した。

「モチムネの経営者は、創業者の未亡人である用宗佐多子会長、その息子で社長の用宗源三、社長の妻と息子も役員という典型的な同族企業なんです。マル害の大西副社長は創業時からの番頭で、同じくマル害の建設会社社長は、会長の娘婿でした」

「会長と社長が出席しなかった理由は？」

「会長は体の具合がおもわしくなく、社長は東京支社に出張していたそうです。ちなみに東京支社長は社長の息子、つまり会長の孫で、そのアリバイも確認ずみです」

「なるほどな。顧問弁護士だった上田も、常に会食に出席していたのか？」

「都合がつく限り、していたそうです」

「モチムネがそんなに前からある企業なら、独立してそれほどにならない上田が顧問弁護士をつとめていたのはなぜだ？」

佐江は訊ねた。

「それも調べました。以前から顧問をやっていた地元の弁護士が高齢で引退し、後釜を捜していたところ、市長の三浦さんが大学の同級生を推薦したのだそうです。それが上田弁護士です」

川村は答えた。佐江の携帯が鳴った。公衆電話からだ。

「佐江です」

「阿部です」

佐江は川村を見やり頷いた。川村は緊張した顔になった。

屋外の公衆電話からなのか、雑踏や車の音が背景にある。

「何か問題でも起きたのか」

佐江は訊ねた。

「いえ。予定通りでよろしいのかどうか、確認のお電話です」

救急車のサイレンが女の声にかぶった。直後、大久保通りの方角からサイレンが聞こえた。

佐江は携帯のマイクを手でおおった。

「近くにいる」

川村は目をみひらいた。何もいわず店の外へと飛びだしていく。

「こちらは大丈夫だ」

「なら、よかった」

女は淡々といった。

「野瀬と知り合いなのか」

佐江はずばりと訊ねた。

「誰です？」

ややあって、女が訊き返した。

「野瀬由紀。外務省にいる」

「知りません。では後ほど」

電話は切れた。佐江は確信した。女は野瀬由紀を知っている。

麦茶を飲み、残っていたビビンパに手をつけた。食べ終えた頃、汗まみれになった川村が戻ってきた。

「大通りをはさんだ二百メートルほど先に公衆電話があって、女が使っていました。でも信号がかわるのを待っているあいだにいなくなって。人が多すぎます！」

怒ったように最後の言葉を吐きだした。佐江は笑いだした。

「いいから食え」

川村は息を吐き、スプーンを手にした。

11

午後三時きっかりに、佐江と川村は新宿警察署をでた。車なら数分、徒歩なら十分といった距離にフォレストパークホテルはあり、歩いて向かう。

川村はひどく緊張しているのか、歩き方がぎこちない上に、ひっきりなしに周囲を見回している。

「気持ちはわかるが落ちつけ」

「はい」

いったそばから歩道の段差につまずいた。

「足もとを見て歩け」

「はい」

「きょろきょろしたって重参がいるわけじゃない」

「はい」

「はいしかいえないのか」

「はい」

佐江は川村の背中を平手で叩いた。川村は目を白黒させた。

「な、何です」

「はいっていうたびに叩く」

「え？　どうしてですか」

やっと佐江を見た。

「戻ってきたか？　頭のネジが飛んでいたぞ」

川村はほっと息を吐いた。

「すいません。いろんなことを考えちゃって」

「今考えても始まらない。落ちついていることが大事だ」

「それはわかるんですが、もし逃げられたらどうしようとか思って」

「心配するな。逃げられたら責任は全部俺がかぶることになる」

「そんな――」

いいかけ、川村は黙った。仲田が保険をかけたことを思いだしたようだ。

「お前は俺にくっついてさえいればいい。何が起きても俺の指示にしたがったといえば、クビになったりはしない」

「クビを心配しているんじゃありません。重参を逃がしたくないだけです」

歩く二人のかたわらを白のアルファードが通り過ぎた。佐江は足を止めた。アルファードは、向かっている方角からきた。

「新宿の面パトですか」

佐江がアルファードを見送っているのに気づいた川村がいった。

「ちがう」

運転手に見覚えがあった。東砂会の二次団体の幹部だ。確か米田（よねだ）といった。

西新宿にはいくつもホテルがあり、多くのマルBが出入りしている。宿泊や会合なら断れるが、ロビーやカフェテラスを使うことまでは、ホテル側も断れない。

米田はそこそこの顔だが、誰かの運転手をしていたようだ。運転手などチンピラか見習いの仕事だ。締めつけにあって組員が減っているのかもしれない。

「マルBだ」

佐江が答えると、

「どこのです？」

川村は訊ねた。他のことに頭を巡らせる余裕が生まれたようだ。

「砂神組（すながみぐみ）。東砂会の二次団体だ」

「東砂会は知っていますが、砂神組というのは聞いたことがありません」

「H県には傘下団体がない」

「そうなんですか」

フォレストパークホテルが近づいてきた。周辺の高層ビルに比べると、こぢんまりとした印象がある。新宿署の覆面パトカーが手前に止まっていた。

佐江は時計をのぞいた。

「まだ早いな。あたりを少し歩くか」

「はい」

答えたものの、川村は尿意を我慢しているような顔をしている。一刻も早くホテル内に入りたいのだろう。

そしらぬ顔で佐江はホテルのエントランスの前を歩きすぎた。川村はしかたなくついてくる。

二百メートルほど歩き、佐江は足を止めた。あとをついてきた川村が背中にぶつかった。

「あっ、すみません」

「よそ見をするなといったろう」

いいながら佐江は通りの向かいを見やった。新宿中央公園があり、道路をまたぐ歩道橋でつながっている。その歩道橋の上に何人かの姿があった。ひとりがこちらを見ている。

佐江は歩道橋に近づいた。その男が背中を向け、歩きだした。携帯を耳にあてている。

「あれはお宅の人間か？」

「どれです？」

「今、歩道橋の向こう側の階段を降りている、紺のスーツ」

川村は目をこらし、首をふった。

「ちがうと思います」

佐江は静かに息を吸いこんだ。紺のスーツの男は早足で都庁の方角に歩き去った。

「いこうか」

踵（きびす）を返した佐江はフォレストパークホテルに向かった。はっきりと理由はいえないが、妙な違和感がある。

ホテルのエントランスをくぐり、違和感の正体が少しわかった。ロビーの端に砂神組の組員が二人、立っている。二人ともスーツにネクタイを締め、ひと目ではマルBとわからないような雰囲気だ。名前までは知らないが、顔に見覚えがあった。

ロビーにいる他の人間は、大半がH県警の人間だった。

佐江は立っている組員に近づいた。二人は佐江に気づき、表情を硬くした。

「何やってる？」

「え？」

「え、じゃない。何やってるんだ？」

二人は顔を見合わせた。

「人ちがいじゃないですか」

ひとりがいった。

「私ら、あなたのことを知りませんが」

佐江は首をふった。

「お前らを運んだのは米田か」

「何の話です？」

「職質（バン）かけてんだ。ここで何をしているのか、教えてもらおう」

「別に何もしていませんよ。人と待ち合わせをしているだけです」

もうひとりが答えた。

「誰を待ってる？」

「つきあいのある人です」

「そりゃそうだろう。誰だって訊いてる」

「俺らが何かしたっていうんですか。理由を聞かせて下さいよ」

「お前ら、砂神組の人間だろ。マルBがいるだけでホテルは迷惑する」

「何もしてねえのに、何いってんだ」

若いほうがいきりたった。

「ほら、そうやって大きな声だすと、他のお客さんが恐がる」

「ああ?」

周囲の人間がこちらをふりかえった。その大半はH県警の刑事だ。

「文句あんのかよ、おい」

佐江はあたりを見回した。張りこんでいる人間の多くが、注目している。

「何とかいえや、こらっ」

「うるさい」

吹き抜けになったロビー中央の階段を、女がひとり登っていくのが見え、佐江は目をこらした。

「聞いてんのか、お前よ」

若いやくざが佐江につかみかかろうとして、川村が止めた。

「おいっ」

張りこんでいた人間の何人かがこちらに近づいてくる。一般の客までも騒ぎに気づき、注視していた。スーツの胸に名札をつけたホテルの従業員が寄ってきて、

「お客さま、いかがなされました？」

と訊ねた。

「いかがも何も、このおっさんが俺たちにからんでるんだ」

年かさのほうのやくざがいった。川村がバッジを見せた。

「我々は警察の者です」

「警察だからって何してもいいのかよ、ええ?!」

大声をあげた。佐江は気づいた。こいつらは陽動だ。わざと騒ぎを起こしている。

「公務執行妨害の現行犯で逮捕する」

ひとりの腕をつかみ、ねじあげた。

「痛てて、何しやがる。職権濫用じゃねえかっ」

近くにいたH県警の刑事二人につきだした。

「手錠をかけて」

二人は当惑したような顔になった。

「しかしこの人たちは何も――」

「話している暇はない。こいつらを外にいる面パトに渡して、署に連行させて下さい」

「いいんですか」

「責任は俺がとります」

佐江がいったので、二人は手錠をとりだした。

「何だよ、おい。何すんだよ」

「ふざけんな、何しやがる」

「こい！」

二人はあらがった。

「覚えてろ、この野郎」

「お前もだ！　名前、何てんだ、おいっ」

川村にすごむ。が、手錠をかけられると静かになった。ホテルのロビーから連れだされる。

佐江は時計を見た。三時四十二分になっていた。すわる予定の、カフェテリアのテーブルを見た。「予約席」の札がおかれ、無人だ。

「何だったんです、あいつら」

川村があきれたようにいった。

「やられた。俺のミスだ」

佐江はつぶやき、カフェテリアに入ると「予約席」に腰を落とした。

「え？　何がミスなんです？」

ロビー内は何もなかったように静けさをとり戻していた。佐江は歯をくいしばり、携帯をとりだすとテーブルにおいた。

ウェイターが近づいてきた。川村と目を見交わす。制服を着ているが、Ｈ県警の石井だった。

「コーヒーふたつ」

川村がいうと、無言で歩きさった。佐江は深呼吸し、あたりを見回した。

「どうしたんです？」

川村が小声で訊ねた。

「あいつらは囮だ」

「囮？　重参の？」

「ちがう。殺し屋だ」

佐江はいって立ちあがった。

「出頭は中止だ。今、重参がきたら殺される。ここをでるぞ」

「えっ」

佐江は早足でカフェテリアをでた。米田が運んでいたのは、あの二人ではない。殺し屋だ。二人が騒ぎを起こしているあいだに、狙撃が可能な位置に陣どったのだろう。

「佐江さん！」

川村が小走りになって追ってくる。佐江は手に携帯を握りしめていた。

ホテルのエントランスをでたとたん、携帯が鳴った。「非通知」の文字が画面に浮かんでいる。

「はい！」

「どうしたんです？」

女の声が訊ねた。佐江は息を吐いた。

「見ていたか？」

「佐江さんがもうひとりの方とでていくのは。何かあったのですか」

「今日の接触は中止だ。あんたを狙っている奴がいる」

女は沈黙した。

「たぶんそいつはロビーにいて、あんたが俺のところにきたら、撃つ手筈になっている」

「そうなんですか」

「俺がチンピラともめているのを見たろう」

「あの人たちがわたしを撃つのですか」

「ちがう。あいつらは囮で、騒ぎを起こしているあいだに殺し屋がホテルに入りこんだ。今もいる筈だ。あんたもホテルにいるなら気をつけろ」

「わたしは大丈夫です」

「とにかく用心してホテルをでろ。殺し屋に気づかれたら危ない」

「ご忠告、感謝します」

電話は切れ、佐江は拳を握りしめた。

「何なんだ！」

思わず声がでた。ホテルに今すぐ戻りたい。だが戻れば、殺し屋は阿部佳奈が近くにいると気づき、殺害計画を続行する。悪くすれば、阿部佳奈ではない、別の女性客が襲われる可能性もあった。

「お宅の課長に連絡しろ。作戦は中止だ」

川村は目をみひらいた。

「そんな。本当にいいんですか」

「死人がでるよりましだ」

「でも――」

「中止といったら中止だ！　俺はホテルに戻らない。重参にも伝えた」

佐江の権幕（けんまく）に川村は息を呑んだ。小さく首をふり、携帯をとりだすと耳にあてる。

佐江は深呼吸し、あたりを見回した。歩道橋の上に、さっき逃げだした紺のスーツがいた。

佐江は走りだした。

「佐江さん！」

電話をしていた川村が呼びかけたがかまわず、歩道橋の階段を駆け登る。紺スーツの男は佐江が自分をめがけていると知ると目を丸くした。反対側の階段へと走りだす。

佐江が歩道橋にあがったときには、反対側の階段を下りきり、中央公園のほうへと駆けていった。

「くそっ」

佐江は歩道橋の壁を殴りつけた。息があがって、喉の奥で音が鳴っている。だが逃げた男の顔は目に焼きつけた。見覚えはないが、おそらく砂神組の構成員だろう。

「どうしたんです！」

川村が駆けよってきた。息を荒くもしていない。

「お前に追わせればよかった」

「え？」

「ここにいた男だ。公園に逃げこみやがった」

「さっきの、うちの人間じゃないかと訊いた人ですか」

佐江は頷き、訊ねた。

「どうなった？」

「張り込みをつづけ、重参を確保します」

佐江は首をふった。見つからない自信が女にはあって、それが声に表れていた。狙われていると佐江が警告しても、まるで動揺したようすはなかった。

――わたしは大丈夫です。

「無理だ」

「そんな。四十人も投入しているのに、簡単に無理なんていわないで下さい」

「あの女には、殺されない、つかまらないという自信があった」

いって、佐江は目をみひらいた。あの場にいなかったのではないか。いや、佐江と川村がホテルをでていくのを見た、といった。

どういうことだ。佐江は額をおさえた。

「署に戻る」

「えっ。ホテルには戻らないんですか」

「戻らない」

12

その日の夜、新宿署の会議室には険悪な空気が漂っていた。理由は、佐江が一方的に阿部佳奈との接触を中断したことにあった。四十名を投入したH県警捜査一課は、佐江の独断で無駄足を踏まされる結果になり、課長の仲田は爆発寸前だった。

こんな仲田を見るのは、川村も初めてだった。数人を残し、部隊は午後六時にフォレストパークホテルから撤収した。新宿署で待機していた川村の報告を、今にも嚙(か)みつかんばかりの形相で仲田は聞いた。

「それでお前はその殺し屋を見たのか」

「いえ」

「じゃあなぜ殺し屋がいると佐江さんにはわかったんだ?!」

川村はうなだれた。

「わかりません」

「なのに、のこのこあとをついてホテルをでていったのか。佐江さんを止めずに」

「佐江さんの話では、ロビーにいたマルBは囮で、騒ぎのあいだに殺し屋が入りこんだ、と」

「いいか、四十人もいて目を皿にしていたんだ。どうやって殺し屋が入りこむ?! しかも重参を撃ったあと、どう逃げるというんだ。つかまるのは目に見えている。そんな殺し屋がいるかっ」

仲田は声を荒らげた。

「すいません」

川村はあやまる他なかった。仲田は大きく息を吐くと訊ねた。

「佐江さんはどこにいる?」

「それが署に戻って少ししたらでていってしまって。課長に待機せよといわれたので、自分はついていかなかったのですが……」

仲田は、やりとりを無言で見守っていた新宿署の組対課長をふりかえった。

「どこにいったと思われますか」

組対課長は首を傾げた。

「さあ。いつも独断で動く奴なので、まるで見当もつきません。ただ、かばうわけではありませんが、あいつは勘が鋭い。その奴が殺し屋がいるといったのなら、本当にいた可能性は高いと思います」

「では訊きますが、殺し屋は重参が現れることをどうやって知ったのでしょう」

怒りを抑えた口調で仲田は訊き返した。

「そこが一番の問題だ」

新宿署長の隣で腕を組んでいた高野が口を開いた。

「出頭の情報が伝わっていた、ということだからな」

「新宿署で今日のことを知っているのはごくわずかです。私と署長、副署長、それに佐江です。派遣した面パト二台にも具体的な話はしていません。H県警がフォレストパークホテルで張り込みをするので、協力しろと命じただけです」

組対課長がいった。仲田は川村を見た。

「佐江さんが誰かに話すのを聞いたか？」

川村はためらい、頷いた。

「『冬湖楼事件』についてなら、『ＡＩＭ』というガンショップのオーナーと話していました」

「元倉だな」

組対課長がつぶやいた。

「何者です？」

高野が訊ねた。

「拳銃の密売人だった男で、客に撃たれて引退しました。佐江がその客をパクった縁で、情報をときどき渡しているようです」

「重参の話はしなかったか？」

高野の問いに川村は首をふった。

「していません。四十五口径を女が扱えるか、という話はしていましたが」

「元倉は何といいました？」

組対課長が訊ねた。

「訓練をうけていなければ無理だ、と。初弾の装填もできないだろう、といっていました」

「すると重参が出頭するという話はしていないのだな？」

仲田が訊ね、

「自分の前ではしていません」

川村は答えた。

会議室に気まずい空気が漂った。新宿署から洩れたのでなければH県警しかありえず、それは阿部佳奈の疑いを裏づけている。

会議室の扉が開いた。ヨウジをくわえた佐江が立っていた。

「これはおそろいで」

眉ひとつ動かさず、いった。

「どこにいってたんだっ」

組対課長が怒鳴った。

「晩飯ですよ。どうなりました」

涼しい顔で仲田に訊ねる。仲田が爆発するのではないかと、川村ははらはらした。

「どうもこうも。六時に撤収しました。重参は現れなかった」

仲田が歯ぎしりをするような口調で答えた。

「よかった」

ひとごとのように佐江がいった。

「よかったとはどういうことだ。四十人からを投入した張り込みをぶち壊したんだぞ」

組対課長がいった。

「ぶち壊したのは俺じゃありません。今日の接触をバラした奴だ。もし俺があのままホテルにとどまっていたら、殺し屋は仕事をして重参は殺された。最悪の場合、重参以外にも被害者がでる惨事になったかもしれない」

「しかし張り込みがおこなわれているホテル内で発砲したら、その殺し屋も逃げられない」

仲田がいった。

「策があったのだと思います。砂神組のチンピラがわざと俺にからんで、皆の目をそらしました。おそらく殺し屋が配置につくのを助けたんです。発砲があれば、現場は大混乱だ。それに乗じて逃げる方法を考えていたのでしょう。いずれにしても殺し屋がいないなら、あの二人が俺にからむ必要はない。二人はどうしています？」

「身許を確認して帰した。容疑らしい容疑は何もないんだ。いくらマルBでも勾留はできない。二人とも砂神組の組員だった」

組対課長が答えた。佐江は頷いた。

「しかたないですな。いずれにしても、砂神組が重参を狙っているのはまちがいありません」

「砂神組がH県で活動しているという情報はありません。県警の組対課にも問い合わせましたが、過去を含め、東砂会傘下の組織が県内に事務所をもったという記録もないそうです」

仲田がいった。

「二人がフォレストパークホテルにいたのは偶然とは考えられませんか」

高野が訊ねた。

「ホテルに向かって歩いているとき、米田という砂神組の幹部が運転する車とすれちがいました。誰かをフォレストパークホテルに届けた帰りだと思うのですが、ロビーにいたようなチンピラを運んだとは考えられません」

佐江は高野に目を向け、答えた。高野は首を傾げた。

「つまり、その米田というマルBが殺し屋をフォレストパークホテルに送り届けたというのですか」

「私はそう考えています」

「東砂会も傘下の砂神組もH県に縄張りをもっていない。それなのに重参の殺害を計画したと？」

仲田が険しい表情で訊ねた。

「そうです。三年前の事件にも連中が関与していたのかもしれない」

佐江は頷いた。

「しかし三年間の捜査で、暴力団が関係しているという情報はなかった」

「殺し屋のサポートに徹していたとすれば情報はでづらい」

「すると実行犯は、東砂会の組員だというのか？」

組対課長がいった。

「組員とはいっていません。東砂会にはかつて専属の殺し屋がいました。四年前に、ツナギをやっていた小田という組員が死に、専属を外れています。ですが過去のつきあいから、組員がその殺し屋をサポートした可能性はある。もちろん、つきあいだけではそこまでやらないでしょうから、金は動いている筈です。殺し屋を雇った人間から流れたのでしょう」

川村は目をみひらいた。佐江はどこから殺し屋の情報を得たのだ。

「ＡＩＭ」の元倉だ。自分がいっしょではないときに元倉から聞きだしたにちがいない。

「それは確かな筋からの情報なのか」

組対課長が訊ねた。佐江は頷いた。

「ネタ元は明かせませんが」

仲田の目が川村を向いた。川村は思わず下を向いた。

あとで心当たりはないか追及されるだろう。が、今日のことがＨ県警内部から殺し屋側に伝わったのではないと確信できるまで、元倉からだと答えるわけにはいかない。

川村は背中が熱くなり、汗が浮かぶのを感じた。これは捜査一課に対する裏切りだ。だが、そうするしかない。

「東砂会と傘下の砂神組については、捜査の対象におくこととして、今後の方針を決めなければならない」

高野がいった。そして佐江に訊ねた。

「重参とはその後話しましたか」

「川村くんから聞いていると思いますが、俺がホテルをでた直後、携帯に電話がありました。公衆電話からではなく非通知でしたので、もっている携帯からかけてきたのだと思います。『どうしたんです』といわれ、見ていたかと訊き返すと、俺が川村くんとでていくのは、と。何かあったのか訊かれました」

会議室がどよめいた。

「それで？」

「今日の接触は中止だ、あんたを狙っている奴がいる、と答えました。チンピラと俺がもめたのも見ていて、連中が自分を撃つのかと訊いてきたので、あいつらは囮だ、殺し屋がいるので気をつけろといいました」

「重参は何と？」

「『わたしは大丈夫です』」

「あの場にいたのか」

呻くように仲田がいった。

「それだけですか？」

高野が佐江に訊ねた。

「用心してホテルをでろ、と私がいうと、『ご忠告、感謝します』と答えて電話を切りました。動揺も不安も感じているようすはありませんでした。終始落ちついた会話でした」

高野は首をふった。

「どういうことだ。あの場にいたのに、誰も気づかなかったのか」

会議室内は静かになった。

「重参は携帯を使っていた筈だ。携帯を使っていた女はいなかったのか」

高野の声にいらだちが加わった。誰も答えない。やがて仲田が口を開いた。

「私の見る限り、重参と思しいような人物はいませんでした」

「変装はどうだ？　男に化けていたとか」

誰も何もいわない。

「あの」

おずおずと石井が手をあげた。

「何だ」

「ひとり、携帯をもっている男はいました。本物の男です。私にコーヒーを注文したので、はっきり男だとわかりました。カフェテリアの隅にいて、携帯をずっといじっていました。通話はしていません」

「そいつです」

川村がいったので、全員がふりむいた。

「そいつが重参の仲間です。ロビー内を動画で撮影し、それを重参に送っていたにちがいありません。重参は別の場所でその映像を見ていた。だから動揺も不安も感じなかったんです」

「そうか」

佐江がつぶやいた。

「確かにその可能性はあるな。その場にいなければ、殺し屋がいても恐くない」

「その男の人台（じんだい）は？」

仲田が石井に訊ねた。

「黒っぽいスーツにノーネクタイで白シャツです。髪は短めで、今風の刈り上げかたでした」

「いたな、確かに」

仲田がいった。

「テーブルにパソコンをおいていたろう」

石井が頷いた。

「そいつです。パソコンを広げているのに携帯をいじっているので、妙だなと思いました」

「携帯で撮影し、パソコンで重参とやりとりしていたのだと思います」

川村はいった。

「で、その男はどうした？」

高野が訊ねた。

「確か佐江さんと川村がでていって少ししたら、でていきました」

石井は答えた。

「ロビーの防犯カメラの映像はあるか？」

「あります！」

「だしてみろ」

会議室の壁にすえつけられたモニターに映像が映った。三台のカメラが、ロビー内の全域をカバーしている。

川村はくいいるように見つめた。三分割された映像の中央にカフェテリアが写っている。

映像が早送りになり、ストップした。

「こいつです！」

石井が指さした。黒っぽいスーツに白いシャツを着け、開いたノートパソコンを前にすわっている。携帯を左手にもって、胸の前でゆっくり左右に動かしていた。男の体の陰になり、携帯の画面は見えない。

年齢は五十代のどこかというところだろう。極道ではない。セールスや営業のサラリーマンといった雰囲気だ。

「この男のことを調べろ!」

仲田が叫んだ。

「佐江さん、重参はまた連絡してくるでしょうか」

高野が訊ねた。

「このまま、ということはないと思います。一度浮かびあがって、生きているのを知らせてしまった以上、また潜伏するより出頭したほうが生きのびられる。ただ――」

佐江は黙った。

「ただ何です?」

「今日のことがどうして殺し屋に伝わったか、それが明らかになるまでは出頭しないでしょうね」

高野は深々と息を吸いこんだ。

「やはり、そうなるか」

「今日、出頭をさせるべきだった」

ぽつりと仲田がいった。佐江は仲田を見た。

「それでもし重参が殺されたら、事件の真相を知る機会が失われてしまう。たとえ殺し屋と砂神組を逮捕できたとしても、自分たちが誰に、なぜ雇われたかすら知らない可能性が高い。H県内に事務所すらもたないマルBを使ったのはそのためです」

「だが砂神組を徹底して洗えば、『冬湖楼事件』の関係者とのつながりを見つけられるかもしれん」

組対課長がいった。佐江は頷いた。

「俺もそう思って、少し動いてみるつもりです」

「何をされるつもりですか」

仲田が訊ねた。

「たいしたことじゃありません。結果がでたら、お知らせします」

仲田の表情が険しくなった。

「我々には教えられない、と」

佐江は仲田を見返した。

「まあ、そういうことです」

「佐江」

組対課長がいったが、本気で咎(とが)めているようには川村には聞こえなかった。

「ただお宅の川村くんを借ります。そうすれば彼から情報が伝わる」

川村は目をみひらいた。皆の視線を浴び、体がかっと熱くなる。

「川村を気に入っていただいているようですね。理由は、一課にきて日が浅いからですか」

皮肉のこもった口調で仲田がいった。

「熱心です」

佐江が答え、やめてくれ、と川村は思った。

「熱心な刑事なら、ここにいる全員がそうです」

「もう、いいだろう。川村を佐江さんに預けよう」

高野が割って入り、川村はほっと息を吐いた。仲田はまだ納得がいかないように佐江をにらんでいたが、天井を仰いだ。

「わかりました」

佐江が組対課長を見た。

「それでいいですかね？」

組対課長はあきれたように首をふった。

「やめろといったところでやめないだろう。それに今日の責任がお前にはある。重参の命を助けたんだというなら、それを証明しろ」

佐江は頷いた。

「もちろん重参から俺あてに連絡があれば、川村くんを通じて知らせます」

そして時計をのぞくと、川村に告げた。

「いくぞ」

川村は仲田を見た。仲田は額に青筋をたてながら、顎をしゃくった。いけ、という仕草だ。

「失礼します」

川村はいって立ちあがった。佐江は会議室の扉に手をかけている。

「佐江さん」

仲田がいったのでふりかえった。

「ここまできたら、佐江さんにはとことんつきあってもらう他ない。よろしいですか」

最後の言葉は組対課長や新宿署長に向けられているように、川村は感じた。

佐江は仲田を見た。

「そのつもりですよ。殺し屋に情報を流すような奴を、ほうってはおけない」

今にも破裂しそうなほど空気の張りつめた会議室を、佐江は悠然とでていった。

13

「さて、と」

新宿署の玄関に立った佐江はスラックスをずりあげた。日が暮れ、街の灯が点っている。

「どうするんです？」

川村は訊ねた。

「ちょいと荒っぽいことになる。覚悟はいいか」

「何の覚悟でしょうか」

「砂神組を締めあげる」

「二人で、ですか」

驚いて川村はいった。

「大勢でいけば逃げられるだけだ。道具はもっているか」

「あ、はい」

川村はベルトに留めた拳銃にジャケットの上から触れた。めったに着装することのない拳銃を朝からつけているので、腰が重い。

「いざとなったら、そいつを抜け。撃つなよ。もっているというのをわからせればいいんだ」

川村は瞬きした。訓練以外で拳銃をかまえたことは一度もない。

「いざっていうのは、どんなときです」

「そんなのは自分で考えろ」

いって佐江は止められている覆面パトカーに歩みよった。借りだす許可をいつのまにか得ていたらしく、運転席にすわるとキィをさしこむ。川村に、目で助手席を示し、川村はあわてて乗りこんだ。

佐江は覆面パトカーを発進させた。

「どこへいくんです。砂神組の事務所ですか？」

川村の問いに佐江は首をふった。

「令状なしじゃ事務所には踏みこめない」

パトカーは新宿の繁華街には向かわず、大久保通りを進み、小さなマンションやアパートが密集した一画で止まった。

「このマンションの二階にデリヘルの事務所がある。米田が女のひとりにやらせている」

川村は目をみひらいた。米田というのは、フォレストパークホテルに殺し屋を送り届けたと佐江が主張している、砂神組の幹部だ。

「ロビーにいたチンピラは、当分事務所には寄りつかないだろう。だが米田とは連絡をとっている筈だ」

「チンピラ二名の名前は、清水と近藤です」

川村はメモを見て告げた。清水が三十二歳。近藤が二十九歳だった。

「じゃあ『ハニードリップ』ってデリヘルの電話番号を調べろ」

佐江にいわれ、川村は携帯で検索した。風俗情報のサイトをあたると、すぐにヒットした。

「でました」

「電話をかけて、誰でもいいから、すぐこられる女を呼べ。呼ぶ先は、歌舞伎町のホテル『ドミンゴ』、２０２号室にいるというんだ」

川村は電話をかけた。二回呼びだすと、

「はい」

ハスキーな女の声が答えた。

「『ハニードリップ』さんですか」

「そうです」

外国人訛りがある。

「女の子をひとりお願いします」

「指名、ありますか」

「指名はないけど、早い人がいい」

「大丈夫よ、すぐいける。今、どこ？」

女は訊ねた。

「歌舞伎町の『ドミンゴ』ってホテル。２０２号室です」

「『ドミンゴ』の２０２ね。はい。二十分でいきます。お名前は？」

「仲田です」

とっさに課長の名を口にしていた。

「若くてサービスいい子いきます。待っててね」

女はいって電話を切った。佐江が覆面パトカーから降りた。

「ついてこい。俺がいいというまで何も喋るな」

川村に告げ、デリヘルの事務所があるというマンションに入っていった。階段を静かに登り、二階の一番手前の部屋の扉の前に立つ。

川村は佐江の邪魔にならないよう、一歩退いた位置で待った。

五分とたたないうちに錠を外す音がして、扉が外側に開いた。大きなバッグを肩にかけた女が中から足を踏みだす。

「悪いな」

佐江はいって、ドアノブを引いた。女が目を丸くした。

「『ドミンゴ』ならいかなくていいぞ。待ちきれなくて、ここにきちまった」

扉をおさえておくように川村に目顔で合図し、部屋の中に入りこむ。川村は手をのばしながらも、自分のしていることが違法捜査に問われかねないことに気づいた。

「ちょっと」

ようやく女が声をだしたときには、佐江は三和土に立っていた。

玄関からリビングルームが見えた。コタツがおかれ、テレビがついている。女が二人、コタツに入ってテレビを見ていた。そのかたわらに小さなデスクがあり、電話とパソコンが載っている。コタツにいる女たちより少し年かさだが派手な顔だちの女がデスクについていた。

「なに?!」

その女が鋭い声をだした。右手に携帯をつかんでいる。

「あなた誰、何しにきた。一一〇番するよ」

「しろよ。許可とっているのか、この店」

佐江はいった。

「店じゃない。わたしのうち！」

女は甲高い声で答えた。

「そうか。じゃあこの姐さんたちは、皆あんたの友だちか親戚ってわけだ」

佐江はいった。デリバリーヘルスの営業は風営法の許可が必要だが、モグリと見ているようだ。風俗案内サイトに情報をアップしているのにモグリ営業だとすれば、サイトの許可表示も虚偽の疑いがある。

もしそうなら悪質だ、と川村は思った。暴力団とのつながりが発覚するのを避けようと、モグリの営業をしている可能性がある。

女は黙った。

「米田に電話しろ。ここにいるあんたらをどうこうするつもりはない。今日のところはな」

佐江はいった。

「あなた警察か」

佐江は答えず、扉で鉢合わせし、その場で固まっている女に、部屋に戻れと手で示した。

女は言葉にしたがった。

「米田を呼べ」

「誰？　知らないよ、そんな人」

コタツに入っている女のひとりが中国語を喋った。デスクの女がきつい口調で返事をして、コタツの女は黙った。

「じゃあ全員、身分証をだしてもらおうか。場合によっちゃ入管難民法違反の現行犯逮捕だ」

デスクの女は佐江をにらみつけた。佐江は無言で女を見返した。コタツの女たちは怯えた表情だ。

女が携帯を操作し、耳にあてた。口もとを掌でおおい、早口で喋る。何を話しているかまでは聞こえないが、佐江は無言で見つめている。

やがて電話をおろし、女がいった。

「米田さん忙しい。だから別の人がくる」

「いいのか、と訊け。俺は佐江っていうんだが」

サエ、と女が携帯に告げた。女の目が動き、川村を見た。

「米田さん、きます」

佐江は頷いた。

「わかった。下で待っている。騒がせたな」

その場で踵を返し、三和土をでた。マンションの玄関をくぐったところで川村は訊ねた。

「あの店がモグリだとわかっていたんですか？」

「いや。だが米田がやらせているとわかれば、あの女もひっぱられる。それに外国人の女を使っている時点で、つつかれたら弱いと思った」

川村は半ばあきれ半ば感心した。H県では、こんな強引なやりかたは通らない。いや、東京でも同じで、佐江だけが通しているのではないか。

その証拠に、忙しくてこられないといっていた米田が佐江の名を聞いたとたん、くることになった。

十分後、白いアルファードとレクサスが二人の前に止まった。アルファードの後部席から大柄の男が降りた。五十くらいだろう。髪を短く刈っている。

「夜は自分じゃ運転しないのか」

佐江はいきなり男にいった。アルファードからあと二人、レクサスからも三人が降りた。

「ああ？」

男は顔をしかめた。

「何いってるんだ？」

「今日の昼、自分で運転していたろう」

「わけわかんねえこといってんじゃねえぞ。だいたい何の権利があって、ここにきてんだよ」

男は佐江の顔に今にもぶつかりそうなほど顔を近づけた。

「ここ？　天下の公道を歩くのに権利がいるのか」

「ふざけんじゃねえ！　そこの二階に不法侵入しただろうが」

「不法侵入？」

「こっちは聞いてるんだよ。お前、女がでるのといれちがいに入りこんだろう。立派な不法侵入じゃねえのかよ」

「今日はやけに吠えるな」

佐江は男の顔を見直した。

「お前、こんなにすごむタイプだったっけか。頭脳派で売ってたのじゃなかったか」

「そっちのでかたに合わせてるだけだ」

「俺のでかたか？」

「そうだ」

佐江は他の五人のやくざに目を移した。

「清水と近藤はどうした？」

「何？」

「今日、フォレストパークホテルにいた連中だ」

「知らねえな」

佐江はアルファードに顎をしゃくった。

「じゃあ聞かせてくれよ。今日の昼間、誰の運転手をしていたんだ？」

「何いってんだ」

「とぼけんな。お前、フォレストパークホテルまで誰か運んだろうが」

「知るか、そんなの！」

「こいつらにも見せたくない誰かを運んだ筈だ。もしかして『中国人』か」

男の表情がかわった。

「手前、何の話してるんだ。俺が俺の車を運転して、どこが悪いんだ！」

「おやおや、ずいぶんムキになるな。俺は、中国人の姐ちゃんを運んだのかと訊いただけなんだがな。そこにいるような」

マンションを示して、佐江はいった。

男が言葉に詰まるのが川村にもわかった。

「いってることがわからねえ」

ようやく男はいい返した。

「妙だな。お前が白のアルファードを運転していたのを見たんだよ。問題は、それに誰を乗つけてフォレストパークホテルまでいったかってことだ。清水でも近藤でもないとしたら、誰かな」

「フォレストパークホテルなんていってねえ。調べりゃわかる」

「防犯カメラに写されるようなドジは踏まないさ。乗つけていた人間を、写されない場所で降ろしたろう」

「何なんだ。何のいいがかりつけようってんだ、お前」

「お、ようやく話がかみあってきたぞ」

佐江は川村をふりかえり、いった。

「じゃあ訊くが、清水と近藤はなぜフォレストパークホテルのロビーにいた？」

「そんなの知るわけねえだろう！」

「お前の指示じゃないのか」

「おい、仮に俺の指示だったとして、あいつら何かしたか？　誰かに迷惑かけたか？　いたぶったのはそっちだろうがよ！」

「開き直ったぞ」

佐江は再び川村を見た。川村ははらはらした。男は今にもキレそうだ。だが、

「つきあってられねえ。いくぞ」

男はいきなり五人の手下に告げた。

「おいおい、まだ話は途中だ」

佐江はいった。

「わけわかんねえ話につきあってる暇はねえんだよ！」

男は吐き捨て、アルファードに歩みよった。手下が急いでドアを開く。佐江をふりかえりもせず、男はアルファードに乗りこんだ。

「いいのか、そこの店はほっておいて」

佐江は背後のマンションを指さした。

「うるせえ！　好きにしろ」

アルファードのドアが閉まった。

アルファードとレクサスはあっというまにその場を走り去った。

それを見送り、

「これで五分五分か」

佐江はつぶやいた。

「どういう意味ですか」

川村は訊ねた。

「奴はフォレストパークホテルの一件に俺がかんでいるのを知っていた筈だ。だから俺も砂神組がかかわっていることを知っていると教えてやった。収穫は『中国人』だ。『中国人』というのは、かつて東砂会の専属だった殺し屋の通称だ」

川村は目をみひらいた。だから米田は焦っていたのだ。

「じゃあやはり、あの場に殺し屋はいたんですね」

佐江は頷いた。そのとき佐江の懐で携帯が音をたてた。とりだした佐江は低く唸った。

「非通知だ」

耳にあてる。

「もしもし、佐江だ」

相手の声に、川村に頷いてみせた。川村は自分の携帯をとりだした。

「いや、今は署じゃない。どこ？　どこって百人町の近くだ」

あたりを見回し、佐江は携帯に告げた。

「今すぐか？」

相手に訊き直した。川村は緊張した。重参は、今から佐江に会おうといっているようだ。

「俺はひとりじゃない。H県警の川村って刑事がいっしょだ」

川村は佐江を見つめた。

「いや、ひとりはマズい。今日の昼間の一件で俺はH県警の張り込みをぶち壊した。あんたと二人きりで会ったなんて話が伝わったら、交渉役を外される。そうなったら、あんたも困るだろう」

携帯にかけた指を川村は止めた。

「川村を連れてなら、会ってもいい」

佐江は目で川村に合図した。仲田に連絡をするな、といっているのだ。だが連絡を入れずに重参に会ったとバレたら、自分の首が危ない。

「なあ、どうして信用できないとわかるんだ？　実際、あの場には殺し屋がいた」

佐江が訊ねた。

「そうだ。東砂会という広域暴力団につながる殺し屋だ。三年前の事件の犯人もそいつなのか？」

川村は息を呑んだ。「冬湖楼事件」の実行犯の話を、佐江がいきなり始めたからだ。

「なるほど」

佐江は携帯に告げた。

「そいつをパクるまではわからないってことか」

相手の話を聞いていたが、

「わかった。じゃあ、また連絡をくれ」

といって、通話を終えた。

「重参だったんですね！」

勢いこんだ川村に佐江は頷いた。

「今から二人きりで会わないかといわれた。お前がいっしょじゃなけりゃ無理だといったら、それならやめだ、と」

がっかりする一方で、川村はほっとした。

「お前は県警の連中にそれを報告する義務がある。もし黙って、俺と二人で重参に会ったら――」

「クビです」

川村はいった。

「クビにはならないだろうが、捜一にはいられないな。交通課か田舎の派出所いきだ」

「H県には寂しい派出所がたくさんあります」

佐江は苦笑いを浮かべた。

「で、ほしについて重参は何かいったのですか？」

「いや。見ればそいつだとわかる、といっただけだ。東砂会の話には乗ってこなかった。知っていても今は話したくないようだ」

「じゃあ、今日は会わないのですか」

佐江は頷いた。

「だが、また会う場を決める、といっていた」

「課長に知らせます」

川村はいって、携帯を操作した。仲田の携帯につながると、一気に喋った。

「重参から佐江さんに連絡がありました。今から二人で会いたいといわれ、自分がいっしょじゃなければ駄目だと答えたら、改めて連絡するといって切ったそうです。重参は、まだ出頭する気です」

仲田をほっとさせたい一心だったが、意外な言葉が返ってきた。

「佐江さんはなぜ、ひとりで会うといわなかったんだ？　お前は隠れていることもできたろう」

「それは重参に嘘をつきたくなかったからだと思います」

川村は答えた。

「佐江さんがそこにいるなら、かわれ」

仲田は冷たい声で命じた。

川村は携帯をさしだした。佐江は受けとった。

「もしもし、かわりました」

仲田の言葉に耳を傾けていたが、いった。

「今日、警察は重参の信頼をなくすことをしました。もし俺が嘘をついて、H県警の人間をその場に呼んだら、重参は二度と連絡してこない。フォレストパークホテルに自分は現れず、かわりの見張りをよこしたほどの女です。嘘は見抜かれましたよ」

仲田がそれに何と答えるのか、川村は聞きたいと思った。が、いうだけいうと、佐江は携帯を川村に返した。

「川村です。かわりました」

「いいか、もしまた重参から佐江さんに連絡がきたら、お前はその場にいかないといえ。別の人間をいかせる」

「了解しました」

「佐江さんにも気づかれないように連絡してくるんだぞ」

「はい」

仲田は切った。

「次はこっそり知らせろ、といわれたろう」

からかうように佐江がいった。川村は黙っていた。

「別に困らなくていいぞ。刑事なんて考えることは皆いっしょだ」

川村は息を吐いた。

「すみません」

「あやまらなくてもいい。むしろあやまらなけりゃならんのは俺だ。指名しちまったせいで、お前を板ばさみにしちまった」

川村は驚いて佐江を見つめた。

「そんなことありません！　自分を指名していただいて、嬉しかったです」

佐江は川村を見返し、にやりと笑った。

「よし、じゃあ一杯やりにいくか」

14

H県警察の捜査員は一部を残し、引きあげた。東京に残ったのは川村と、フォレストパークホテルのカフェテリアにいた男の身許を調べる任務を負ったメンバーということになっている。が、仲田は再び自分の行動確認を命じるだろうと、佐江は踏んでいた。川村が張りついているとしても、今度は尾行を気づかせないようなベテランを、佐江の監視に投入する筈だ。

仲田は自分に疑いを抱いているにちがいない。

刑事なら、重参と佐江の関係を疑って当然だ。

以前だったら、そんな目を向けられることにいらだち、仲田にかみついたかもしれない。だが、一度警察を辞めると決めた佐江は、どこかひとごとのように感じている。

翌日は佐江の公休だった。そのことは川村にも告げてあった。

高円寺のアパートを昼前にでた佐江は近くのレンタカーショップに出向いた。小型車を一台借り、環状七号線から首都高速道路に乗り入れた。行先はH県の本郷市だ。尾行がいないことは確認ずみだ。本格的な行動確認は、休み明けの明日から始まるだろう。

今日のH県警捜査一課は、東京にきた部隊の撤収作業に忙しい筈だ。

カーナビゲーションによれば、本郷市まではおよそ二時間かかる。佐江は目的地を冬湖楼と入力した。

事件の現場をまずひと目見ておこうと考えたのだ。本郷市までノンストップで車を走らせる。

当初佐江は、冬湖楼は市の中心部にあるのだろうと考えていた。地元企業の経営者や政治家が会食をするのだから、当然、足の便がいい場所にある筈だ。

だがカーナビゲーションは本郷市をつっきる指示をした。市の中心部を抜ける道から北側の高台へと佐江は車を進めた。市内にはモチムネの看板が目につく。四人の被害者のうち、市長を除く三人が関係のあった地元企業だ。川村の話では、モチムネのもつパテントで作られる特殊な計測機器は、同種の製品の世界市場の三割を占めるという。

モチムネの本社は本郷市にあり、人口八万人の一割近くがモチムネで働いている。関連企業には建設、運送、倉庫事業などがあるが最大は兼田建設で、社長だった新井は、被害者のひとりだ。

新井は、モチムネの創業者の娘の夫だった。創業者は死去したが、夫人の用宗佐多子が、会長として君臨し、息子の源三が社長、撃たれて昏睡中の大西義一は番頭格の副社長ということだ。

カーナビゲーションは本郷市の北側にある小さな山を登る道を指示している。九十九折り(つづらおり)のカーブを回っていくと、ゆくてに建物が見えた。木造の洋館で、いかにも由緒のありそうな三階だてだ。

佐江は山の頂上が見える位置で車を止めた。ここまで登ってくるあいだ、すれちがった車は一台もなく、また人家もない。洋館はまるで山全体を睥睨（へいげい）するようにそびえている。

佐江は車を降りた。ふもとの本郷市の街並みが一望できる。奇妙なのは冬湖楼という名なのに、湖などどこにも見えないことだ。街並みが切れてからはうっそうとした山林で、鳥の甲高い鳴き声が澄んだ空に響いている。

佐江は車に戻り、さらに上をめざした。やがてカーブの先に洋館の車寄せが見えた。手前には大きな木製門があるが、開け放たれている。建物周辺に塀はなく、山道を登ってくるのが、ここを訪ねる者以外にないことを物語っていた。

車寄せと洋館を囲むようにして日本庭園が広がっていて、桜が東京より遅く咲きほこっていた。庭園の広さは千坪を超えるだろう。「冬湖楼」と墨で横書きされた看板が、門に掲げられている。

料亭の営業時間には早いせいか、広大な敷地と建物に人の気配はない。門の手前側にある駐車場には、従業員のものと思しい車が七、八台とマイクロバスが止まっていていずれも地元ナンバーだった。送迎用なのか、マイクロバスの横腹には「冬湖楼」と記されている。

佐江は駐車場で車の向きをかえた。

この庭園なら、阿部佳奈のメールにあった通り、身をひそめることが可能だ。

　山道を下り、ふもとの街に入った。モチムネの本社は、ＪＲの駅の正面にたつビルだった。本郷市を訪れる者はすべてここをめざすといわんばかりに、他の建物とは異なる規模だった。まちがいなく街のランドマークとしてそびえている。

　ビルの下層階には店舗が入り、中層から上がオフィスになっている。無料地下駐車場の表示に、佐江は車を乗り入れた。

　建物の案内表示によれば、四階までがレストランと店舗で、五階から十五階までにモチムネ、兼田建設、モチムネ運輸といった企業のオフィスが入っている。どうやらモチムネグループの総本山のようだ。

　昼食の時間帯を過ぎ、夕食にはまだ早いせいか、ビル内のレストランの大半が営業していない中、唯一開いていたラーメン店のノレンを、佐江はくぐった。チェーン店で、高円寺の駅前にもある。

　好みの味ではないラーメンは避け、チャーハンと餃子（ギョーザ）を頼んだ。

　店内に他の客はいない。平日なので、当然といえば当然かもしれない。

　なぜ本郷市くんだりまできたのだろう。ぬるい水をすすり、佐江は自問した。Ｈ県警のいらだちや疑いをひとごとのように感じながらも、どこか事件にひきこまれている自分がいる。警察官を辞める寸前までいったというのに、たいして役に立たない情報を求めて二百キロ近く、車を走らせてきた。

「お待たせしました」

料理を運んできたのは中年のウェイトレスだった。制服にエプロンをつけている。

「お姉さん、地元かい？」

佐江は訊ねた。

「そうですよ。お客さんはよそから？」

「用があってね」

佐江は割り箸で天井を示した。ウェイトレスは合点した顔になった。

「よそからこっちにくる人はたいていモチムネさんのところだね」

「ここには冬湖楼って由緒ある料理屋さんがあるのだってね。いったことあるかい？」

ウェイトレスは手をふった。

「お偉いさんがいくところだから。でも一度、娘が車で連れていってくれたことがありますよ。ちょうど湖が見えるってんで」

「湖？　そういや本郷には湖なんてないのに、どうして冬湖楼なんて名なのだろうって考えてたんだ。どこに湖があるの？」

「ここらあたりは盆地なんで、冬になると霧がでるんです。街全体がすっぽり霧に沈んじゃうこともあるんです。そういうときに、お山から見おろすと、街がまるで白い湖みたいなんですよ。それを見た、初代の社長さんが料亭を建てて冬湖楼って名をつけたんですって。いい話でしょう」

「初代の社長ってのは、冬湖楼の社長だよね」

ウェイトレスはあたりを見回し、声をひそめた。

「モチムネの社長さんですよ。冬湖楼の女将さんは、お妾さんだったんですって。もう亡くなったけど」

佐江は目をみはった。

「そうなんだ！」

ウェイトレスは人さし指を唇にあてた。

「本郷の人は皆知ってる。でもいい料理屋さんだから、今の会長も潰さないでとっておいてるみたいよ。本郷の大切な文化財だからっていって」

今の会長は創業者の未亡人の筈だ。つまり創業者の愛人が女将をつとめる料亭だったことになる。当時はともかく、いまだにその料亭をモチムネの幹部が使っているのも、不思議な話だ、と佐江は思った。

それだけ本郷市にとり冬湖楼は重要な存在なのだろう。今いるモチムネの本社ビルと並ぶ、ランドマークというわけだ。

携帯が音をたてた。画面には見慣れない番号が並んでいる。

「はい」

「佐江さん？　野瀬です」

雑音に混じって、女の声がいった。外務省の野瀬由紀だ。

「おお。どこにいる？」

「中国です。それも辺境なんで電波が悪いんですよ――」

サーという雑音がかぶった。

「お電話をいただいたって聞いて……」

「電話した。いつ、日本に戻る？」

「それがまだわからないんです。面倒なプロジェクトにかかわっていて」

「あんたに訊きたいことがあったんだが、ちょっとこみいった話でな」

「えーと、回線の問題があるんで、領事館に戻れたときにこちらからお電話してよいでしょうか。街なかからだと、いろいろ……」

佐江は気づいた。野瀬由紀は監視をうけているのだ。通常回線では盗聴の危険があるので、安全な領事館の電話からかけ直すというわけだ。

「了解した。いつ頃になる?」

「それもちょっとわからないんです」

監視している連中に手がかりを与えたくないのか、野瀬由紀は言葉をにごした。

「わかった。いつでもいい。話せるときに電話をくれ」

「はい。それでは」

電話は切れた。あいかわらず、中国情報機関とぎりぎりのやりとりをしているようだ。おそらく何度か危ない目にもあっている。それでも最前線の現場に身をおくことを望む。欲しい情報のためなら体を張ることもいとわず、警視庁公安部外事二課の刑事と関係をもっていた。

その原動力はどこからくるのか。出世欲ではない。ノンキャリアの野瀬由紀は、いかにがんばろうと外務省では限界があるのを知っている。外務省は警察以上に、キャリア、ノンキャリアをへだてる壁が高い。

野瀬由紀を動かしている力のひとつは、何でも知らずにはいられない好奇心だ。それがすぐに役立つ情報ではなくとも、すべて自分にとりこみたいという強い欲望をもっている。

そしてふたつめの力は、いっしょに捜査にあたって初めて知った、愛国心だ。

野瀬由紀の中には、強い愛国心がある。それは民族主義や右翼的な思想とはまるで異なり、日本という国と国民のために役立ちたいという、強い願いだ。

その強さに触れ、佐江はある種の感動すら覚えた。中国語に堪能で、中国の文化や習俗に詳しく、多くの中国人から信頼を寄せられる身でありながら、日本をこれほどまでに愛しているのか、と驚いた。野瀬由紀に比べたら、警察官である自分の中にある愛国心など、ごくごくちっぽけなものだ。

野瀬由紀と話し、佐江は気持ちが晴れるのを感じた。中国辺境に比べたら、本郷市などほんの郊外だ。知りたかった情報もいくつか手に入ったし、気持ちのよいドライブをしたと思えばよい。

腹ごしらえがすんだら、もう少し本郷市とモチムネについて調べてみよう。遠からず、自分は本郷市をまた訪れる。そのときのための〝予習〟だ。

15

フォレストパークホテルのカフェテリアで、周囲の映像を撮っていた男の身許は、三日ほどで判明した。中野区で興信所を開いている、若月(わかつき)という探偵だった。企業向けに盗聴、盗撮の防止ノウハウを売る一方で、依頼があれば、盗聴、盗撮をおこなっている。

任意同行を求められ、若月はおとなしく新宿署にやってきた。取調べには仲田と川村があたり、佐江も同席した。

若月にロビーの撮影を依頼したのは、早川和枝（かずえ）という女だった。早川和枝は工業デザインの事務所をもっており、そこで考案されたデザインを所員が横流しするのではないかという疑いを抱いていた。だが三人いる所員の誰がそれをするかわからず、買いとる相手の見当もつかない。ただ、当日フォレストパークホテルのロビーで取引がおこなわれるというメモを見つけ、若月に撮影を依頼したのだという。自分の姿を見れば当然、横流しをする所員は逃げるだろうから、若月の映像からつきとめようとしたのだ。

早川和枝は、手数料を全額、現金で前払いし、連絡先は携帯の番号だった。

ホテル内の撮影は、迷惑行為かもしれないが違法ではないため、若月はひきうけた。携帯をいじるフリをしながらロビー内を撮影し、その映像を早川和枝に送ったのだ。

「早川和枝はそのときどこにいたのですか」

川村は若月に訊ねた。

「わかりません。わかりませんが、そんな遠くではないと思います。あのあたりにたっているビルのどれかか、もしかするとフォレストパークホテルに部屋をとっていたかもしれません」

若月は答えた。年齢は六十近い筈だが、妙に明るい色のジャケットを着けていて、黄色いフレームの眼鏡をかけている。興信所の経営者には元警察官も少なくないが、若月はそうではないと判明していた。前職は盗聴盗撮防止コンサルタントで、業務内容は今とあまりかわりがない。

「妙な依頼だとは思わなかったのですか」

川村の問いに首をふった。

「産業スパイは今、すごく多いんです。工業デザインから金融情報、顧客名簿だって売りものになる。昔とちがってほら、携帯にカメラがついているから、情報をもちだすのも簡単になっていますし」

「横流しを企てている社員を見つけたらどうするつもりだと、依頼人の早川和枝はいっていたのですか」

仲田が訊ねた。

「その場ではとりおさえず、証拠の映像で問いつめるといっていました」

「依頼人の話が本当かどうか、ウラはとらなかったのですか」

川村は訊いた。若月はばつの悪そうな顔になった。

「いったように産業スパイが多くて、依頼がたてこんでいましてね。現金前払い、というのは少し変だなと思ったんですが、たまにいるんですよ。興信所に依頼したのを秘密にしたがる人が」

「『早川インダストリアルデザイン』ですが、実在するかどうかを確認しなかったのですか」

若月が提出した名刺のコピーを仲田が掲げた。港区新橋の住所と電話番号が記されているが、すべてでたらめだった。若月は小さく頷いた。

「依頼はどこで？　あなたの事務所ですか」

川村は訊ねた。

「いいえ。インターネットでうちの広告を見たという連絡があり、中野駅近くの喫茶店で会いました。事務所にくるのを嫌がる依頼人は多いんで、それ自体は珍しくないんです」

若月はすらすらと答えた。

「なるほど。それで社員に産業スパイがいるという話をされ、つきとめるための撮影を請け負ったというわけですか」

仲田がいうと、若月は頷いた。

「早川和枝の印象は？　どんな女性でしたか」

川村は訊ねた。

「若いな、と思いました。所長というからには五十歳くらいかと思ったら、三十そこそこという見かけでしたから。でも眼鏡をかけていて、化粧もほとんどしていない地味な感じだったんで、まあそういう人もいるのかな、と」

「喫茶店の名前を教えて下さい」

仲田がいい、若月は答えた。店内あるいは近くに防犯カメラがないかを調べるためだ。

「依頼はいつ?」

「撮影当日の三日前です。わりと急な話でした」

川村は佐江を見た。阿部佳奈はフォレストパークホテルでの出頭を前日、佐江に申しでている。それより二日も早く、若月を雇っていたのだ。

「写真、あるんだろう?」

その佐江がいきなり若月にいった。

「え?」

若月は訊き返した。

「盗聴と盗撮の専門家なんだろう、あんた。喫茶店で会ったとしても、写真を撮って会話を録音しない筈はないよな」

佐江がいうと、若月の顔が赤くなった。

「何かあったときのために、つまりこういうことになった場合に備えるだろう、専門家なら。ちがうか」

「いや、それは――」

若月は口をぱくぱくさせた。

「そうなんですか⁉」

川村は語気を強めた。

「ええと、まあ、そういうことも……」

「だったらなぜ教えて下さらなかったんです？」

「どこかで金になると踏んだのだろう。依頼人を見つけて、だましたろうと脅すつもりだったんだ」

佐江がいうと、若月は顔を伏せた。

「そんな、そこまでは……」

「あるんですね。依頼人の写真と録音が」

川村は問いつめた。若月は頷き、懐から携帯をとりだした。

操作し、再生した。

「こっちに落とした映像があります」

「襟のピンバッジにしこんだカメラで撮ったんです。編集してあります」

髪をひっつめ、眼鏡をかけた女の画像が再生された。うつむき気味に、

「スパイをつきとめたいんです。うちの信用にもかかわるんで」

ぼそぼそと喋っている。地味にしているが、年齢は確かに若い。四十には達していないとすぐにわかる。

「四時にフォレストパークホテルというのはまちがいないのですね」

若月の声が入った。女は頷いた。

「はい。メモがあったんです。握り潰してゴミ箱に捨ててありました」

女が少し顔をあげた。切れ長の目をしている。化粧をすれば、それなりの美人になるだろう。実際、歌舞伎町の喫茶店ではホステスに化けてネットカフェを見張っていた。

「元の映像をお預かりしたいのですが、よろしいですか」

仲田が訊ね、若月は頷いた。

「あの、この人は何をやったのです？　本当は何者なんですか？」

「何もやっていないし、何者だかもわからない。それをつきとめるために、こうしてあんたに協力を仰いでいるというわけだ」

佐江が答えると、

「そんな」

若月はまた口をぱくぱくさせた。

「とにかく、また早川和枝から連絡がきたら、本人には秘密で、必ず我々に知らせて下さい」

仲田が告げ、若月は頷いた。

16

「若月への依頼は、佐江さんに電話をかけてくる二日前です。つまり初めから重参はフォレストパークホテルにくるつもりはなかったんです」

若月を帰したあとの会議で、川村はいった。

「そういうことだ。我々はふり回され、挙句に重参は現れなかった」

仲田は頷いた。

「重参は情報が洩れていないかを確かめようとした、とも考えられます」

川村がいうと、仲田の顔が険しくなった。

「おい、めったなことというな。誰が情報を流したっていうんだ」

石井が川村をにらみつけた。石井も、東京居残り組だ。

「すみません――」

「いや、川村くんのいう通りだ。どこからか情報が伝わったからこそ、砂神組の組員があの場にいた」

仲田がいうと、

「偶然とは考えられませんか。新宿のホテルですからね。やくざ者なんて、いくらでもいますよ、きっと」

石井は首をふった。

「しかし、砂神組の米田は『中国人』という言葉に反応しました」

「そんなもの、何の証拠にもならない。だいたい『中国人』なんて渾名の殺し屋が実在するかどうかもわからないんだ。お前、少し佐江さんに毒されてるんじゃないのか」

佐江がその場にいないからか、石井はいった。部外者の自分は参加する資格がないといって、でていってしまったのだ。

「毒されるってどういうことですか」

むっとして川村は訊き返した。

「あの人はマル暴専門だ。なんでも暴力団につなげて考える癖があるのさ」

「そんなことはないと思います。米田がフォレストパークホテルに何者かを運んだのはまちがいありません」

「それはそうだとしても、このヤマに関係する人物だという確証は、今のところはない。暴力団にまで捜査範囲を広げるとなると、今のこの陣容ではとても足りない」

川村と石井の両方をなだめるように仲田がいった。東京に残ったH県警捜査一課の人間は、川村と仲田を入れて十名しかいない。

「問題は、重参が身の危険を感じている、ということだと思います。若月を使ったのも、自分の口を塞ごうとする者の存在を感じているからではないでしょうか」

川村はいった。全員が沈黙した。

「しかし、これで重参が連絡してこなかったら、最悪だ。佐江さんが全部ぶち壊しにした」

石井がいったので、川村は反論した。

「そんなことはないですよ。もし重参があの場で殺されたら、それこそぶち壊しになっています」

「じゃあ、重参がまた連絡してくるという確証がお前にはあるのか」

石井が川村にかみついた。

「実際、してきました。二人きりで会いたいといわれ、佐江さんは断っていますが」

川村はいい返した。

「それがおかしいんだよ。お前がいっしょだなんていう必要なんかないのに、なぜいちいち重参に報告する必要があるんだ。佐江さんは自分がいなけりゃヤマが動かない、と周りの人間に思わせたがっているのじゃないのか。半分、警察を辞めさせられかけていたのが復活するチャンスだってんで」

「辞めさせられかけていたのではなく、辞めようとしていたんです」

飲みに誘われ、佐江から少し話を聞いた川村は首をふった。

「それは本人のいったことだろう。実際はどうだかわかるものか」

「もういい」

仲田が止めた。川村にいう。

「佐江さんには、重参がまた連絡してくるという確信があるようだな」

川村は頷いた。

「それはまちがいないと思います。次に二人で会いたいといわれたら、こっそり知らせろと課長にいわれたことも佐江さんは見抜いています」

「だとしても、そうしなけりゃならない。『冬湖楼事件』は、我々のヤマだ」

仲田がいったので、川村は頷く他なかった。

石井以外の先輩刑事たちは何もいわない。川村は落ちつかない気分になった。自分がH県警の人間ではなく佐江の仲間だと思われているような気がする。

「重参の映像を入手できたのは収穫だ。都内、特に新宿と周辺のホテル、インターネットカフェに、これをもって訊きこみにあたる。佐江さんを頼らずとも、重参の身柄を確保できれば、それにこしたことはない」

仲田がいい、全員が、「はいっ」と声をそろえた。

会議は終わった。川村は悄然（しょうぜん）と新宿署をでた。石井ら、一部の居残り組は飲みにいくようだが、自分には声がかからない。

佐江の携帯を呼びだしかけ、川村は手を止めた。これで自分が会議の内容を佐江に報告したら、それこそスパイになってしまう。そんなつもりはまるでない。

川村の足は自然、歌舞伎町に向かった。いくアテはないが、酒を飲める場所はいくらでもある街だ。

だが気づくと、佐江と飲みにいったときに連れていかれたバーの前に立っていた。居酒屋で食事をしたあと、連れてこられた店だった。「展覧会の絵」という名で、壁一面を古いレコードが埋めつくし、流れているのは、一九六〇、七〇年代のロックだ。車椅子に乗った男がひとりでやっている。

佐江とロックという組み合わせが意外で、印象に残っていた。流れているロックは聞き覚えのない曲ばかりだが、どこか懐かしく親しみやすい。

川村はエレベータで三階にあがり、「展覧会の絵」の扉を押した。ボトルを入れなくても、ショットで飲ませてくれると佐江がいっていたのを覚えている。

「いらっしゃい」

時間がまだ早いせいか、客はひとりもおらず、カウンターの向こうにいた男が車椅子をすべらせた。肩まで届く長髪はまっ白で、額にヘアバンドを巻いている。

「ひとりですけど、いいですか」

男は川村のことを覚えているのかいないのか、無言で頷いただけだ。川村はカウンターに腰かけた。自然にため息がでる。

「何、飲みます？」

「あ、えーと、ビールを下さい」

「バドとコロナしかないんですが」

「じゃあバドを」

バドワイザーの小壜（こびん）のキャップを指でひねって開け、男は黒く塗られたカウンターにおいた。グラスはない。

川村は無言でラッパ飲みした。流れている女性歌手の歌が妙に胸にしみる。

車椅子の男は無言でカウンターの奥に戻った。小さな写真立てがあって、若いときの男ときれいな富士額の女が並んで笑みを浮かべている。

それを川村は見つめた。二十年以上前のものにちがいない。男の長髪はまっ黒だ。

「妹。いっしょにこの店をやってたけど、病気で亡くなった」

川村の視線に気づいてか、男はいった。

「そうなんですか。それは……」

川村は口ごもった。

「もう何年も前よ。嫁にいけってずっといってたんだけど、俺ひとりじゃ店は無理だろうって、いかなかった」

川村は無言で頷いた。

「あんた、警察の人？」

男が訊ねた。

「え？　あ、はい」

「新宿署？」

「いえ、ちがいます」

「そうなんだ。佐江さんが連れてきたから、てっきりそうだと思ってた」

「H県警察です。今は出張で、こっちにきていて」

「ふーん。前は別の新宿署の人がきてたけど、最近こなくなった」

「そうなんですか」

「ちょっとかわった人だった。彼女がロックシンガーでさ。別れちゃったみたいだけど」

「ロックシンガーとつきあっていたんですか？」

川村は驚いて訊ねた。男は頷き、

「お腹は空いてない？　コンビーフサンドならあるけど？」

と訊ねた。

「いただきます」

作りおきがあるのかと思ったら、そうではなかった。軽くトーストしたパンにマヨネーズであえたコンビーフとキュウリをはさんだサンドイッチを男は作った。つけあわせはピクルスだ。

店の扉が開く音がした。

「いいですか」

女の声に川村はふりかえった。ショートヘアでスプリングコートを着た女がひとりで立っている。

「どうぞ」

男は答え、女は川村のひとつおいた隣に腰をおろした。

「何にします？」

「ジャックダニエルがあれば、ソーダ割りを」

「承知しました」

女の目が川村の前におかれたサンドイッチを見た。

「おいしそう」

三十歳くらいだろう。水商売のようにも見えるし、ふつうの勤め人のようにも見える。

「召しあがりますか」

川村は皿を押しやった。

「よろしいんですか？」

「どうぞ」

下心などない。サンドイッチはおいしく、素直に分けてやりたいと思っただけだ。

「ではひとついただきます」

きれいにマニキュアされた指で、女はサンドイッチをひと切れつまんだ。

「おいしい」

「今、マスターが作ってくださったんです。ええと、マスターでいいんですよね」

川村がいうと、長髪の男は頷いた。

「タクといいます」

「タクさん。川村です」

川村は頭を下げた。

「川村さんは、よくこちらにこられるんですか？」

女が訊ねた。マスターのタクが作ったソーダ割りを軽く掲げたので、川村もバドワイザーの壜を掲げた。

「いいえ。先輩に一度連れられてきて、今日が二度めです」

「そうなんですか」

タクが女を見つめた。

「お客さんは以前、うちにこられたことがありますか」

「大昔。まだわたしが学生だった頃、やはり連れられてきました」

「そうなんですか」

「ずっとまたきたいと思っていたのですけれど、なかなか機会がなくて。先日、この前を歩いていたら看板を目にして、まだあるんだと嬉しくなりました」

「それで訪ねて下さった。ありがとうございます」

タクが頭を下げた。川村の携帯が振動した。佐江から着信だった。

「失礼します」

川村はいって立ち、店の外で耳にあてた。

「川村です」

「どこにいる？」

「今ですか。先日、連れてきていただいたロックバーです」

「ひとりか？」

「はい」

「いっていいか」

「それはもちろん。でも……」

「大丈夫だ。会議のことを訊いたりはしないよ」

川村の気持ちを察したように佐江はいって、電話を切った。店に戻った川村はタクに告げた。

「佐江さんがこれから見えるそうです」

「川村さんがきてるっていうのを感じたんでしょう。勘の鋭い人ですから」

タクは笑った。

「あの、僕をここに連れてきてくれた先輩です。およそ、ロックとか聞かなそうな人なんですけど」

川村は女にいった。女は無言で微笑(ほほえ)んだ。あまり話しかけないほうがいいと思い、川村は前を向いた。

タクがオールドパーのボトルをカウンターにおいた。佐江が飲んでいたものだ。

「次はじゃあこれにしますか?」

川村に訊ねた。

「佐江さんのボトルですか?」

「そう」

川村は迷い、頷いた。水割りを頼む。女は黙ってソーダ割りを飲んでいる。

やがて店の扉が開き、

「いらっしゃい」

タクがいった。佐江が、女とは反対側の川村の隣に腰をおろした。

「いただいてます」

川村はボトルを示した。

「ああ。ロック、くれ」

佐江は頷いた。タクが丸氷を入れたロックグラスにウイスキーを注いだ。

「それ、ロック用の氷なんですか。初めて見ました」

女がいった。

「昔からありますよ。本当は板氷を砕いて作るんですが、うちは業務用のを仕入れてます」

タクが答えた。

「何でも業務用がある時代だな」

佐江が唸った。川村とグラスを合わせる。

「いじめられなかったか」

さりげなく訊ねた。川村はとぼけた。

「何のことです？」

「じゃあいいんだ」

佐江はウイスキーをすすった。しばらく誰も口を開かなかった。佐江は女にはまるで興味がないらしく、目を向けようともしない。

「連絡はありませんか。その後」

川村は訊ねた。

「ないな。だが必ずしてくるさ。このままじゃ自分が困る」

「どこから洩れたんだろうと、ずっと考えていました。佐江さんのところでなければ、うちしかありません」

川村はいった。

「東京からとは限らんさ。情報は地元にも伝わっているだろう？」

「それは、まあ。でも上だけです」

「そのあたりじゃないか」

「帰ります」

女がいって立ちあがった。

「サンドイッチ、ごちそうさま」

川村に告げる。

「いえ、とんでもない」

「二千円です」

タクがいい、女は現金で払った。佐江にも目礼し、でていった。

「よくる人か？」

佐江が訊ねた。

「いえ。大昔に連れられてきて以来だといってました」

佐江は無言で頷いた。

「考えていたんですが、砂神はいったいどこでつながったんでしょう」

タクの耳を意識し、川村は「組」をつけずにいった。

「『中国人』の手配だろう。実行したのが『中国人』だとして、だが」

「でもH県には、東砂も砂神もいません。あの件で利益を得るとは考えられないのですが」

「だとすりゃ誰かが仲介を頼んだんだ」

「つきあいもないのにですか？　そんなに簡単にプロの手配を頼めるものでしょうか」

川村がいうと、佐江は黙ってウイスキーを飲んでいた。

「どこかで、依頼した人間と砂神には接点があった。でもそれはH県でじゃない」

川村はひとり言のようにいった。

「そういや、冬湖楼の由来を知っているか？」

「由来？」

「湖なんてないだろう、あのあたりには」

「ああ……。それですか。冬の景色からきているんです。盆地だから霧がでやすくて、霧がでると本郷全体が白くすっぽりおおわれる。そうなると、まるで湖が広がっているように見えるんです。昔は大きい建物がなかったから、よけいにそう見えたんでしょう」

「今はちがうのか」

「駅前にモチムネの本社ビルがたったんで、そこだけつきでています」

「湖を見たことがあるのか」

川村は頷いた。

「何度も。冬は特に霧がでやすいですから」

「他の季節はどうだ？」

「霧がでれば見られます。盆地ですから風がない。だから一度霧がでてしまうと、なかなか晴れません」

川村は答えた。

「本郷の出身なのか？」

佐江の問いに川村は頷いた。

「高校まで本郷でした。実家は今もあります」

「すると家族はモチムネにつとめている？」

川村は首をふった。

「うちは米屋です。お客さんにはモチムネの人がたくさんいますけど」

佐江は頷き、考えこんだ。

「佐江さん、本郷にきて下さい」

川村がいうと、驚いたように目を向けた。

「管轄でもない土地で、俺に何ができる」

「我々H県の人間が見過ごしてきたものが佐江さんなら見えると思うんです。重参は、佐江さんが捜査にあたることを望んでいます」

「めったなこというな。それこそトバされるぞ」

川村は首をふった。

「メンツにこだわりすぎなんです。佐江さんがいなかったら困るのに、佐江さん抜きで何とか重参をおさえられないかと考えている。そうすることでむしろ解決から遠のいているような気がします」

「そういうカイシャなんだ。メンツがあるからこそがんばる。メンツを無視したら、皆が敵に回る」

「でも佐江さんはメンツなんて気にしていないでしょう？」

「俺は一度降りた人間だし、死にかけて恐くもなった。メンツを気にして早死にするのはごめんだと思っている」

川村は佐江を見つめた。

「佐江さんはちがいます。出頭を中止させたのは、重参の命を一番に考えたからだ。もし佐江さんがいなかったら、まちがいなく重参は襲われていました。なのにうちの人間は誰もそれに気づいていない。いや、気づきたくないんです」

「よせ」

佐江は目でタクを示した。

「すみません」

「お前と俺はちがう。俺は用ずみの人間なんだ。俺なんかに肩入れするんじゃない」

「でも捜査はつづけて下さるんですよね」

「重参しだいだ。向こうが必要ないといえば、それで終わりだ。いいか、俺は正義の味方のつもりはない。縄張りを無視してほしを挙げようなんて気はないからな」

佐江ににらまれ、川村はうなだれた。

「はい」

佐江の懐で携帯が鳴った。

「重参だ」

携帯をとりだし画面を見た佐江はいった。立ちあがり、店の外にでていくのを川村は見送った。

17

「佐江だ」

「酔っていませんか？」

女の声が訊ねた。

「いや。まだ一杯めの途中だ」

答え、佐江は気づいた。

「さっきいたのはあんたか?!」

「何のことです？」

「とぼけるな。『展覧会の絵』にいた客、あれはあんただな」

「どうしてそう思うのですか」

女は冷静な声で訊き返した。

「前に電話をよこしたとき、あんたは俺がどこにいるのかと訊いた。だが今は、いきなり酔っていませんか、ときた。つまり酒場に俺がいることを知っている。とすれば、たった今までいた女の客があんただ」

「なぜわたしがそんなことをする必要があるんです？　第一、佐江さんが飲みにいく店を知っている筈がありません」

「ここへは、あんたの出頭が流れた日にも飲みにきている。新宿署を誰かに見張らせれば、俺たちの足どりをつかめた筈だ。探偵を使うのは得意だろう？」

女は黙った。

「いったい何のために俺たちをつけ回す？　そんな手間をかけるなら、さっさとでてくればいいだろう」

「信用できる方なのか確かめたかったんです」

「信用できると思ったから指名したのじゃないのか」

「もうひとりの方は別です」

「川村のことか。H県警の人間は全員信用できないと思っているのか、あんた」

「たぶん、あの方は信用できると思います」

「俺なんかより、よほどまともな刑事だ」

佐江がいうと、女は再び黙った。

「なあ、教えてくれ。なぜH県警が信用できないと思うんだ？」

「実際信用できないと、佐江さんにもおわかりいただけたと思うのですが」

今度は佐江が黙る番だった。

「殺し屋がホテルにいると教えて下さったのは佐江さんです。つかまえましたか？」

「いや。つかまえられなかった」

「つまりわたしを狙っている殺し屋は野放しのままなのですね」

佐江は息を吐いた。

「そうだ。あんたは、出頭する時間と場所が殺し屋に伝わると考えて、我々に殺し屋をつかまえさせようとした」

「残念ながら期待通りにはいきませんでした」

「警察の中にスパイがいるという、あんたの考えは正しいようだ」

「そのスパイは、県警の上層部の人間です」

「スパイの正体を知っているのか」

「いえ。でもその筈です。冬湖楼で亡くなられた三浦市長は、県警の元幹部でした」

「それは聞いた」

「本郷市長が歴代、県警出身者であることもご存じでしたか？」

佐江は深々と息を吸いこんだ。

「そうなのか」

「三浦さんの前の市長は、元県警本部長をつとめられた方でした。三浦さんの後任の方も本郷市の元警察署長です」

「なぜそういう流れができたんだ？」

「モチムネがあと押しをしているからです。モチムネの支援をうけた人が立候補すると、対立候補が立つことすら、めったにないそうです。特殊な土地柄なんです」

「だから県警は信用できないという理由にはならない」

「もちろんです。しかし実際に信用できないことを佐江さんにもわかっていただけた筈です」

「あんたの望みは何なんだ」

「本当の犯人がつかまることです。四人を撃った人もそうですが、その人を使った人間もつかまえてほしい」

「それが誰なのか、あんたは知っているのか？」

「知りません。でも撃った人をつかまえれば、そこからたぐれるのではないでしょうか」

「簡単にはいかないぞ。撃ったのはプロだ。手がかりが少ない」

「わたしが出頭すれば、手がかりは増える筈です」

「いつ、どうやって出頭する？」

女はつかのま黙り、訊ねた。

「佐江さん、何かいい方法はありませんか」

「本郷で出頭しろ」

「本郷で、ですか」

女は驚いたように訊き返した。

「そうだ。本郷には、ホテルに現れた暴力団の事務所がない。どこであんたに会うとしても、その場にやくざがいればすぐにわかる。それだけあんたは安全だ」

佐江は答えた。思いつきだが、悪いアイデアではないような気がした。ただし本郷市はH県警の管内だ。スパイにとっては東京以上に動きやすい。

「必ずわたしを守って下さいますか」

「できる限りのことはするが、必ずという約束はできない」

「考えて、またご連絡します」

「待ってる」

女は電話を切った。佐江は「展覧会の絵」の店内に戻った。川村がじっと見つめてくる。

「連絡したか」

「いえ」

川村は首をふった。

「しなけりゃマズいだろう」

川村は頬をふくらませた。

「しろ。俺と重参の会話がすぐ終わったことにすればいい」

「重参は何と？」

ついさっきまでここにいた女が重参だ、と教えたいのを佐江は我慢した。重参がすぐそばにいたにもかかわらず気づけなかったとなれば、川村は任務を外されるかもしれない。

「次の出頭をどうすればいいか、俺に考えはないかと訊いてきた」

「それで佐江さんは何と答えたんですか」

川村は食いつきそうな顔になった。すぐには答えず、佐江はグラスに残っていた酒を喉に流しこんだ。氷が溶け、薄まっている。

「本郷で出頭しろといった。本郷には東砂や砂神の事務所がないからな。奴らがいればすぐにわかる」

川村はにらみつけるように佐江を見ていたが、携帯を手に店をでていった。

「忙しそうだね」

タクがいった。佐江のグラスに新しい酒を注ぐ。

「いつまでも暇になりゃしねえ」

佐江は吐きだした。

「暇になりたいのか？　そういう人じゃないだろう。いつだって動き回っているのが好きなくせに」

タクがいい、佐江はしかめっ面になった。

次の電話は、翌日の昼間にかかってきた。

「佐江さんのおっしゃる通りにします。ただし必ず佐江さんがわたしを保護して下さるというのが条件です」

「わかった。約束する」

佐江は答えた。かたわらには川村がいた。

「場所と時間ですが――」

「それは前もって決めなくていい。直前に知らせてくれ。俺は本郷に入っている」

「わたしも同じことをいおうと思っていました」

「じゃあ本郷で会おう」

佐江は告げて、電話を切った。頭のいい女だ。だが本郷で出頭するとなれば、H県警は駅や道路を見張るだろう。殺し屋も同じ動きをする可能性がある。

川村が仲田に連絡し、ただちに対策会議がもたれた。今回は佐江も参加した。

「JRの駅と高速道路のインターチェンジを監視させます。今度は逃さない」

仲田はいった。

「その際、重参以外の人間にも注意して下さい。本郷での出頭をうけて、殺し屋が入ってくるかもしれない」

佐江がいうと、仲田は険しい表情になった。

「H県警から情報が洩れている、と佐江さんはいわれるのですか」

「どこから洩れているのかはわかりませんが、重参が疑っている通り、フォレストパークホテルには殺し屋がやってきた」

「本郷は新宿とはちがいます。怪しい人間がいれば、すぐにわかる」

仲田はいった。

「ですがモチムネの本社がある。訪れる人間も多いのでは？」

「モチムネにも協力を仰ぎます。しばらくは本社あての出張を控えてもらう」

佐江は首をふった。

「それはやめたほうがいい。殺し屋を雇ったのがモチムネの関係者だったら、重参の出頭を知らせるようなものだ」

「モチムネは県内最大の企業です」

「だからこそです」

佐江と仲田はにらみあった。佐江は気づいた。県警幹部である仲田も、将来モチムネの支援をうける可能性がある。

H県警に対し、モチムネは大きな影響力をもっている。それはモチムネが求めずとも、歴史によって作られ、仲田も無視できない。

「冬湖楼での被害者にモチムネの幹部が含まれていたことを考えれば、モチムネに情報を流すべきではありません」

「情報を流すのではなく、協力を仰ぐだけです」

「同じことです。殺し屋がモチムネの関係者に化ける可能性だってある」

佐江がいうと、仲田は深々と息を吸いこんだ。

「わかりました。では協力を仰ぐのはやめておきます。ただ今後一ヵ月のうちに、モチムネ本社にどの程度の訪問客があるか、問い合わせます」

「本郷では、モチムネ抜きでは何もできない、というわけですか」

仲田は首を傾げた。

「佐江さんのいっていることがわかりません。とにかく新宿では、我々はあなたの言葉に耳を傾けた。しかし本郷はこちらの地元です。やりかたは任せていただきたい」

本郷での出頭をもちかけたのは失敗だったかもしれない、と佐江は思った。が、新宿で出頭したとしても、重参の身柄は事件発生地である本郷市に運ばれ、取調べをうけることになったろう。

本郷に自分がいるためには、こうする他なかった。

つまりそれは、味方のいない土地で闘いを始めることを意味している。

18

川村は仲田から、佐江の〝面倒をみる〟よう命じられた。佐江の監視をつづけろという意味だ。

川村は佐江を隣に乗せた覆面パトカーで、高速道路を本郷に向け、走らせた。覆面パトカーは新宿署のものだ。

本郷では足がなければ不便だと川村が教えたので、佐江が借りだした。本郷には公共交通機関はない。あるのはタクシーとモチムネの社用バスだ。バスは県内のモチムネ施設を循環していて、社員とその家族が利用できる。

「本郷にホテルや旅館は多いのか？」

助手席にすわった佐江が訊ねた。山間部を抜ける高速は空いていて、新緑が鮮やかだ。

「そうですね。同じ規模の他の街に比べれば、ビジネスホテルや旅館は多いほうだと思います。やはりモチムネがありますから。それにH市にも近いですし」

H市は県庁所在地だ。本郷市とはバイパスを使えば、車で三十分もかからない、と川村は説明した。

「H市にも、より規模の大きなホテルはありますし、近くに温泉街があるので、古い旅館も何軒かあります。H市と本郷市、それにその温泉街をあわせれば、二、三十軒はあると思います。もちろん、その全部を調べることになるでしょうが」

「当然だな。あとは出頭した重参の身柄をどこにおくかだ。被疑者じゃないのだから、勾留するわけにもいかない。事情聴取のあいだ、どこかのホテルに泊めるか」

佐江がいった。

「いざとなれば勾留は可能です。取調べの方向いかんで、容疑を殺人に切りかえる」

川村はいった。実際、仲田はそうするような気がする。

「そのほうが安全かもしれません。たとえ県警にスパイがいるとしても、勾留中の重参のところに殺し屋を連れてはいけませんから」

「だがいよいよとなれば、自殺させるって手もある」

「自殺？」

「に見せかけて殺すってことだ。俺は重参を保護すると約束した。勾留が最善の方法かどうかはわからない」

川村は息を吸いこんだ。Ｈ県警では聞いたことがないが、勾留中の被疑者が警察署内で自殺するという事件はまれにある。むろん勾留施設には、ネクタイやベルト、靴ヒモといった、自殺の道具となりそうな品はもちこめないが、下着などを首に巻きつけ実行する者もいるのだ。

佐江がいっているのは、そうした自殺に見せかけて重参が殺される可能性だ。

「そうなれば、どこにいても重参の身は安全とはいえません。出頭するからには、覚悟を決めているのじゃないでしょうか」

川村の言葉に佐江は答えない。

「ところで、なぜ重参が佐江さんを指名したのかはわかったのですか？」

「まだだ」

川村は息を吐いた。その問題に答えがでない限り、佐江を全面的には信用できないと考えている者が一課には多くいる。

「答えを知っていそうな人間に連絡をくれと頼んだが、いまだにない」

「誰なんです？」

「外務省の職員だ。以前、捜査で組んだ」

「外務省？　だったらすぐに連絡がつくのじゃないですか」

「出張で中国にいる。それもかなりの辺境のようで、携帯の電波状態が悪い上に、固定電話は盗聴されている疑いがあるようだ。領事館などの安全な場所から連絡をよこすといったきり、かかってこない」

佐江はいった。

「まるでスパイみたいな人ですね」

「どんな人間を相手にしても平気なんだ。中国情報機関とも平気で渡り合っていた」

「すごいな。よほど腕っぷしに自信があるんでしょうね」

「女だ」

「えっ」

川村は思わず声をあげた。

「女の人なんですか」

「そうだ。確かにいい度胸をしているが、腕っぷしが強いタイプじゃない」

「いくつくらいの人なんです？」

「三十代半ば。美人だ」

「本当ですか。会ってみたいな」

佐江は笑った。

「なぜ笑うんです？」

「自分の欲しい情報をもっていそうもない人間にはまるで興味を示さない女だ」

「人として、とかはないんですか」

「ないな。あの女にとって、情報をもたない人間は石ころと同じだ」

「ひでえ」

「そういう性格なんだ。情報をとるためならもっているものはすべて投げだす。体も、だ」

「本当にスパイみたいだ」

「三度の飯より情報が好きなんだ。外務省もそれがわかっているんで、いいように使っている。ノンキャリアだから出世はできないが、本人も現場にいるのが望みだから、かまわないのだろうな」

佐江はつぶやいた。

「うかがっていると、佐江さんはその人のことを好きみたいに聞こえます」

「女として見たことはないね。俺はカタギの女が苦手でね。仕事人としては、すごい奴だと思っている」

川村は佐江を見やった。

「カタギの女が苦手ってどういうことですか？」

佐江はため息を吐いた。

「うるさいな」

「あっ、すみません」

川村はあやまった。が、佐江は本当に気分を害しているようには見えなかった。

「俺はマル暴が長い。そのあいだ見てきた女は、娼婦や詐欺師、美人局をやっている極道の女など、まともなのはほとんどいなかった。たとえどんなにいい女でも、いやいい女だったら尚さら、腹に一物あるにちがいないと思っちまう。そういう女なら、こっちもその気で向かいあうから何てこともない。ワルには慣れているし、少々乱暴な言葉づかいをしたって、向こうも平気だ。だがすっカタギのまっとうな女となんて話したことがない。どう扱っていいか、困っちまう」

川村は笑いだしそうになり、こらえた。いかにも佐江らしい。女に関しては純情なのかもしれない。が、そんなことをいったら殴られるだろう。

「重参はどうです？」

「重参？」

「ええ。もし重参がほしでなければ、すっカタギの弁護士秘書です。話していて困りませんでしたか？」

「あれはすっカタギじゃない」

佐江は答えた。

「だいたいすっカタギが、警察から何年も逃げ回ったりできるものか。それに刑事を相手にしても、まるで怯(ひる)んじゃいない。修羅場をくぐっている証拠だ」

「何年も逃げ回っているあいだにかわったのじゃありませんか。元はすっカタギだったのが生きのびる術(すべ)を覚えて」

「その可能性はある。だいたい男より女のほうが、環境に適応する能力は高いからな。ひどい状況に耐えきれず自殺するのはたいてい男で、女はいつのまにか順応していたりする」

「苦手というわりには詳しいですね」

「お前もそのうちわかる。とんでもないワルの野郎でも母親や女房など逆らえない女がいたりするが、ワルの女には、そういう男はいない。いったんワルに徹すると決めたら、女のほうが恐いってことだ」

「なんか背筋が冷たくなってきました。もし重参がそんな女だったらどうしますか」

佐江は無言だった。それはつまり、佐江も重参の正体をつかみかねているということだ。

考えてみれば、たった一通のメールで阿部佳奈はＨ県警捜査一課をふり回し、それはいまだにつづいていて、どこにいきつくのか先がまったく見えない。

自分も含めＨ県警捜査一課は、阿部佳奈の手玉にとられていて、佐江がその手助けをしているのではないか、とすら思えてきた。

「そうならば、一課は、俺が重参の仲間じゃないかと疑いだす」

佐江がいったので、川村はどきりとした。

「佐江さんが外されたら、困るのは重参です」

「さあな。誰が困るかは、そのときがくるまでわからない」

意味深長な言葉だった。が、その意味を問おうか考えているうちに、高速を降りるインターチェンジが近づいてきた。

県警一課は、佐江のために本郷市内のビジネスホテルをおさえていた。そこに到着したのは午後一時過ぎだ。ビジネスホテルの駐車場に覆面パトカーを止め、川村はほっと息を吐いた。久しぶりの地元だった。

「今日はいいぞ、もう」

チェックインの手続きをすませた佐江がいった。

「いえ、佐江さんをほっておくわけにはいきません。本郷市をご存じないのに」

「今日の今日、連絡があるとも思えないし、実家に顔でもだしたらどうだ？　それとも俺から目を離すなといわれてるのか」

隠してもしかたがない。

「そっちです」

川村は認めた。

「やはりな。じゃあ夕方まで俺はひと寝入りする。お前は本部に報告をすませておけ」

川村は頷いた。仲田を含め、一課の残留部隊はまだ東京にいる。今夜中にはＨ県に戻ってくることになっていた。

「わかりました。五時頃、電話します」

「車、使っていいぞ」

「いえ、大丈夫です」

川村は首をふった。H県警の自分が新宿署の覆面パトカーを乗り回すわけにはいかない。

ビジネスホテルはJR本郷駅のすぐ近くにある。モチムネの本社ビルも目と鼻の先だ。

駅に向け歩きだした川村の鼻先を白地のボディに「モチムネ」と青い文字の入ったマイクロバスが通過した。モチムネの循環バスだった。H市や本郷市では見ない日がない。

H県に戻ったことを川村は意識した。立ち止まり、思わずあたりに目を向けた。

見慣れた本郷駅前の景色が広がっている。あたりを歩いている人の何人かにひとりは知り合いか、知り合いの知り合いだろう。そのくらい、ありきたりな田舎町だ。

この街に本当に殺し屋がやってくるのか。

くるのだろう。くる筈だ。「冬湖楼事件」の犯人は、重参の口を塞ごうとしている。

だが、なぜなのだ。

川村は考えこんだ。

重参は実行犯の顔を見ていないし、実行犯を雇った人間が誰なのかも知らない、と佐江に告げたという。にもかかわらず、重参を狙った殺し屋が動いている。

なぜ犯人は重参を殺そうとしているのだ。

殺す必要がどこにあるのだ。

考えられるのは、重参が自分につながる情報をもっていて、それが警察に伝わるのを犯人が恐れているという可能性だ。

ＪＲ本郷駅からＨ駅までは各駅停車でも三十分足らずだ。午後の在来線はがらがらで、川村は車窓を流れる景色に目を向けた。

本郷市を離れるとすぐに山林が広がり、それがトンネルにかわる。トンネルを抜けると田園地帯だが、Ｈ市に近づくにつれ住宅が増え、やがて小さいながらもビルが目につくようになり、Ｈ市中心部にさしかかるとビルばかりになった。

高校生の頃は、本郷からＨ市にくると、都会にきたとわくわくしたものだ。

新宿から戻ったばかりの目には、Ｈ市が都会とはとうてい思えない。確かに本郷より人は多いが、新宿とは比べものにならない。

第一、歩いている人間の種類が異なる。サラリーマン、ＯＬ、主婦、学生、暇な年寄りが歩行者の九割を占めるのが、Ｈ駅前だ。

新宿駅はちがう。ひと目ではその職業、国籍、はたまた性別すらわからないような人間が半数近くいる。

もちろんそのすべてが犯罪者だとは決めつけられないが、在留資格がないのではないか、何か薬物を所持しているのではないか、違法な手段で金を稼いでいるのではと、疑いだせばキリがない。

スーツを着けネクタイを締めているからといって、まっとうな勤め人とは限らない。まるでミュージシャンのような派手な外見だとしても、ただの洋服販売員だったりする。見てくれとまるで異なる正体の人間が数多くいるのが新宿で、H市にはほぼ見てくれ通りの人間しかいない。

そこが大都市と田舎のちがいだ。自分にはとうてい、新宿で刑事などつとまらない。川村はため息を吐いた。最初に東京で警察官になっていれば、またちがったかもしれないが。

JR H駅から、県警本部までは徒歩で十分の距離だ。県警本部は県庁と市役所にはさまれてたっている。

県警本部の建物が見えてきた。複数のパトカーが止まり、立ち番の制服巡査もいて、いかにも「法の番人」という雰囲気をまとっている。捜査一課に配属になった直後は、この建物に出勤する自分を、誇らしく感じたものだ。

本部玄関の前に、黒塗りの高級車が止まっていた。本部からでてきたスーツ姿の三人の男を見て、川村は足を止めた。

先頭にいるのは高校の同級生だった。東京の大学をでてモチムネに就職した。河本（かわもと）といい、川村、河本と、教室で順番に呼ばれていたのでよく覚えている。

河本はうしろを歩いてきた二人のために、高級車のドアを開いた。ひとりは六十前後、もうひとりは四十代の初めだ。二人が乗りこむとドアを閉じ、自分は助手席に乗りこむ。川村に気づいたようすはない。

高級車は発進し、県警本部の敷地をでていった。川村は思わず拳を握りしめた。

河本はモチムネの社長室にいると聞いていた。もしかするといっしょに車に乗りこんだ六十前後の男が、モチムネの社長なのかもしれない。

平日の白昼、堂々とモチムネの社長が県警本部を訪れている。

そう考えると、胸の奥が重くなった。むろん、彼らの目的が捜査情報と決まったわけではない。県内最大の企業として、モチムネはH県内の官公庁と密接なつながりがある。表敬訪問、あるいは何か式典の打ち合わせだったのかもしれない。モチムネの関係者がここそ県警本部からでてきたら、むしろそのほうが怪しいというものだ。川村はそう考え直した。

が、胸の奥の重みは消えなかった。訪問の目的が何にせよ、モチムネはいつでも県警の情報を入手できるという証拠を目の当たりにした思いだ。

県警幹部警察官にとって、警察退職後の第二の人生に大きな影響力をもつのがモチムネだ。

関連会社への再就職、あるいは政治家への転身、モチムネの支援なしには成立しない。

それだけ地元に貢献しているともいえるし、誰も逆らえない力をもっているともいえる。

日本全体で見れば、モチムネは決して大きな企業ではない。が、H県では巨大企業だ。

モチムネが悪だとは思わない。が、この事件の捜査にたずさわる限り、モチムネの側につくのかつかないのかは、警察官としての自分の未来を大きく左右するような気がした。

自分は初めから警察官になりたかったわけではない。東京からのUターン組だ。地元での就職の選択肢のひとつとして、警察官があり、幸運にも試験に合格した。このまま定年まで公務員人生をまっとうすれば、当然第二の人生のことを考えなければならない。そのとき家族がいれば、尚さらだ。

今、モチムネの側につかない立場を選択したら、自分の未来は閉ざされるかもしれない。

それだけではない。上司の仲田、同僚の石井からも疎まれ、課内で孤立する可能性すらある。

いや、考えすぎだ。

川村は首をふった。「冬湖楼事件」の犯人がモチムネの関係者だと決まったわけではない。

それにたとえそうだったとしても、モチムネが犯人をかばうとは限らないし、まして県警が見逃すことなどありえない。

自分はただ与えられた任務を果たすだけだ。行動を共にしている佐江もまだ、モチムネに犯人がいると決めつけてはいない。

川村は深呼吸し、県警本部の玄関をくぐった。

19

佐江はとりあえず三泊分の準備をしてきた。三泊するあいだには、阿部佳奈の出頭は完了するだろう。その後のことはまだわからないが、阿部佳奈の事情聴取に立ち会えるのは初めのうちだけだと見ていた。「冬湖楼事件」の捜査権はH県警にあり、自分には何の権限もない。阿部佳奈の身柄さえ確保すれば、県警は佐江を用なしと見て追い払う可能性すらある。そうなったら阿部佳奈が何といおうと、佐江は新宿に帰る他ない。

その前に佐江はつきとめたいことがふたつあった。ひとつは阿部佳奈が誰から自分の話を聞いたのか、もうひとつは出頭情報がどうして砂神組に伝わったのかだ。

砂神組の米田の反応からすると、「中国人」と呼ばれている殺し屋が動いていることはほぼまちがいない。阿部佳奈が本郷市で出頭するという情報が伝われば、「中国人」が本郷市に現れる可能性は高い。

佐江はビジネスホテルの窓から街を見おろした。

窓が向いているのは駅とは反対側で、市街地を囲むように山並みが広がっていて、本郷市が盆地にあるというのが見てわかる。

この小さな街で殺し屋が仕事をするのは容易ではない。見慣れない人間は目立つ上に進入経路も限られている。

そっと入りこみ、素早く仕事をすませ離脱する。仕事前も仕事後も長居はできない。

荷ほどきをすませ、佐江はホテルをでた。レンタカーで本郷市を訪れたとき、市庁や警察署の位置もつかんでいた。どちらも駅に近い、市の中心部にある。佐江はそちらに向け、歩きだした。およそ十五分ほどの距離だ。

中心部には「中央商店街」という名のアーケードがあり、商店が並んでいる。観光客相手というより、地元の人間を対象にする、食料品や洋品、呉服、喫茶店などが目につく。

地方都市の商店街は、おしなべて景気が悪く、大半がシャッターをおろしているものだが、中央商店街には活気があった。買物客がいきかい、学校帰りの子供たちが駆けていく。

子供が多いかどうかが、街の活性をはかるものさしだと佐江は思っていた。子供が少ないということは、その親である働き盛りの大人も少なく、街の活性は低い。勢い、商店は廃業せざるをえない。

この街が元気なのは、モチムネの存在に負うところが大きいのだろう。そういう意味では、歴代本郷市長に、モチムネの支援をうけた県警元幹部が当選するのも当然といえる。モチムネがなければ、街として存続が不可能なのだ。

商店街を抜けた先に、飲み屋街があった。小料理屋や居酒屋、スナックなどが並んでいて、昼なので営業はしていないが、店先におかれた空き壜ケースやおしぼりの回収箱で、潰れていないと判断できた。

こうした飲み屋街が成立しているのも、生産年齢人口が多い証だ。その規模は、八万人という本郷市の人口を考えると、意外に大きい。モチムネの社員や関連企業、出張族などに支えられているのだろう。

東砂会系の暴力団事務所はH県内に存在しないとされているが、これだけの繁華街がある以上、極道がひとりもいないというのはありえない、と佐江は思った。盛り場に極道はつきものだ。何らかの形で、街に巣くっている。佐江は足を止め、あたりを見渡した。

今の時代、盛り場に巣くう極道は、目に見えてそうとわかる姿では現れない。多くの酔客がいきかう時間帯はなりをひそめている。

新宿ですら、夜、わがもの顔で闊歩する極道は少なくなった。暴排条例のせいで、飲食店に立ち入ることすら困難だからだ。

そのかわり極道が動くのは昼間だ。客がくる前に盛り場をうろつき、シノギをこなしている。

白のメルセデスが佐江の目に入った。スナックやキャバクラなどの袖看板を並べた、あたりでは大きな雑居ビルの前に止まっている。運転席には、二十（はたち）そこそこにしか見えないような、若い男がすわっていた。

佐江は近くの建物の陰から観察した。メルセデスのナンバーをメモする。

十分ほどたつと、ビルのエレベータから二人の男が降りてきた。運転席の男は車をでて、二人のために後部席の扉を開く。

二人ともひと目でやくざとわかる身なりをしている。ひとりは派手なたてじまのスーツで、もうひとりはだぶだぶのスポーツウエアだ。

二人を乗せ、メルセデスは発進した。遠ざかるのを見送り、佐江は二人がでてきた雑居ビルに歩みよった。スナック、キャバクラ、バー、フィリピンパブなどが入っている。このうちのどれかから二人はでてきたようだ。

佐江は川村の携帯を呼びだした。

「はい」

驚いたような声で川村が応えた。

「今からいう、車のナンバーを調べてくれ」

告げて、メルセデスのナンバーを読みあげた。地元ナンバーだ。

「何かあったんですか？」

メモする気配があって、川村が訊ねた。

「ちょっとな」

「今、どちらです？」

「えーと」

佐江はあたりを見回した。

「中央町三丁目ってとこだ」

「飲み屋街ですね」

「そのようだな」

「で、このナンバーが事件と何か？」

「いいや。ただ知りたいだけだ。駄目か？」

駄目なら新宿署に調べさせるだけだ。

「駄目じゃありません。すぐ調べて、ご連絡します」

川村はいって、電話を切った。

佐江は腕時計をのぞいた。午後二時半だ。

川村からの連絡を待つうちに、雑居ビルのエレベータから、新たな人間が現れた。

でっぷり太った、三十代の男だ。ジーンズに革のベストを着け、手に、まるで中学生がもつような安物のリュックサックをぶら下げている。通りにでた男は警戒するようにあたりを見回し、佐江に気づいた。ぎょっとしたようにリュックを抱えこむ。

佐江は男を見つめた。男は不意に身をひるがえした。今でてきた雑居ビルに戻ろうとする。

「すみません」

佐江は声をかけた。あまりにわかりやすい男の反応に、笑いをかみ殺した。

「はいっ」

男はぴくりと体を震わせ、ふりかえった。大きく目をみひらき、額に汗が浮かんでいる。

「な、何でしょうか」

「こちらのビルにお勤めの方ですか？」

「えっ、いや、そうですけど、何か……」

男は激しく瞬きし、佐江を見つめた。

「何というお店です？」

「どうしてそんなことを訊くんです？」

「あ、申しわけありません」

佐江はいって、警察バッジを見せた。男の顔が蒼白になった。

「な、何も悪いことなんかしてませんよ、私。何ですか、いったい」

佐江は男の目を見つめた。

「悪いことしているなんて、いいましたか？」

「えっ、いや、いってないか……」

男はしどろもどろになった。

「実はたった今、このビルをでてきた二人の男の人を見かけましてね。知り合いに似ているな、と思って――」

「そんなの、知りません」

佐江の言葉をさえぎるように男はいった。

「そうですか。あなたのお店を訪ねたように思えるのですが」

「知らないったら知らない」

「そのリュック、大事なものが入っているようですね」

「な、何？　何いってんの、急に」

「ずっと抱きかかえているじゃないですか」

「し、知らないよ。そんな。何だよ、店の名前訊いたり、知り合いがいたとか、何がいいたいんだよ、あんた」

「教えて下さいよ。そのリュック、何が入っているんです？」

男は唇を震わせた。

「何も入ってないよ。あんた、何を疑ってるの」

「いや、さっきでていった二人から何か受けとったのじゃないかと思いましてね」

男の目がまん丸くなった。逃げ道を捜すように、あたりを見回す。佐江はその目をとらえ、首をふった。

「こちらの質問に答えてくれたら、リュックの中身を見せろとはいいません。どうです？」

男は肩で息をしていた。動いてもいないのに、滝のように汗を流している。

「本当ですか？」

「ただし嘘は駄目ですよ。もし嘘をついたら――」

いって言葉を止め、佐江は男の目をのぞきこんだ。

「わかるね？」

男はがくがくと首をふった。

「じゃあまず、あなたの名前から教えて下さい」

「き、木崎です」

「何か身分を証明できるものをおもちですか？」

「免許証ならあります」

男はいってジーンズのヒップポケットから、チェーンでつながった長財布をだし、免許証をさしだした。木崎譲とあり、現住所は本郷市だ。生年月日から計算して、年齢は三十七歳。

免許証を返し、佐江は訊ねた。

「お仕事先はこのビルですか？」

「はい。四階で、店長をやっています」

佐江は袖看板を見上げた。四階は「ブラックシープ」という店だ。

「『ブラックシープ』さんですか」

木崎は頷いた。

「どんなお店です？」

「ふつうのバーです。ソフトダーツやカラオケがあって……」

「で、さっきの二人はお知り合い？」

「な、な、だ、誰？」

「噓は駄目といったよね」

木崎はうつむいた。泣きそうな声でいう。

「勘弁して下さい」

「じゃあ、そのリュック、見せてもらうよ」

「わかりました！　秦さんと高橋さんです！」

「秦と高橋。どこの人？」

「どこって……」

「会社でも組でも、属してるところだよ」

「あ。サガラ興業です」

「サガラってどう書くの？」

「カタカナです」

「事務所はどこにある？」

「水野町の角のとこです」

水野町がどこかはわからないが、佐江はつづけた。

「秦さんと高橋さんにはよく会うの？」

「いえ、そんな。ときどきです」

「ときどき何してるんです？」

「会って、その……」

「何か受けとる？　たとえばそのリュックの中身とかを」

木崎は黙った。ただ汗を流し、何かに耐えるように目を閉じる。

「わかりません。何のことかわかりません」

佐江の懐で携帯が振動し、その音に木崎はぱっと目を開いた。川村からだ。

「お手間をとらせました。どうぞ、いって下さい」

「えっ」

木崎は大声をだした。

「いいんですか！」

「どうぞ」

佐江はいって、携帯を耳にあてた。木崎はよろめくようにその場を離れた。

「わかったか？」

川村に訊ねる。

「わかりました。H市の『ミドリローン』という金融会社が所有権をもっていて、『ミドリローン』は、いわゆる闇金（やみきん）です。県内のサガラ興業という暴力団というか、愚連隊がやっています」

　バタバタという足音が聞こえた。木崎がつんのめるように走りだしたのだ。

「巾（はば）をきかせているのか、そのサガラ興業というのは」

「巾をきかせてるというほどじゃありません。闇金の他は、風俗や子供相手にクスリをさばいているくらいです」

「『ブラックシープ』という店か」

「どうしてわかったんです？　自分もたった今、組対の人間から聞いたばかりなのに。それです。『ブラックシープ』という、不良少年の集まる店が本郷にあって、そこでドラッグをさばいているらしいと」

　驚いたように川村はいった。

「千里眼を使ったのさ」

「千里眼って」

　川村は絶句し、訊ねた。

「まだ中央町にいらっしゃいますか」

「これから水野町というところにいくつもりだ」

「水野町は、自分の実家の近くです」

「サガラ興業の事務所があるのだろう」

「どうしてそんなことまで」

川村はあっけにとられたようにいった。

「サガラ興業はもともと本郷が縄張りだったんです。中央町のミカジメや風俗で力をつけ、H市に勢力を広げました。だから水野町にあるのは、サガラ興業の本部です」

「H市に元からあった組はないのか」

「あります。柴田一家系の古川組って組があるんですが、柴田一家そのものが弱体化したんで、今はほとんど活動していません」

柴田一家は、古い博徒系の暴力団だったが、東砂会に押され勢力を弱めた。

「組員も最盛期は二十名ほどいたのが、今は四、五名くらい。それも年のいった者だけです。古川組からサガラ興業に移ったのもいるそうです」

「サガラ興業は独立しているのか」

「広域とつながっているという話は聞きません。たいしたシノギもないので、広域も手をのばしてこないのだと思います」

だが東砂会、砂神組と何かでこの街はつながっている筈だ。それを佐江はつきとめようと考えていた。

「ここから水野町というのは遠いのか」

「歩いたら二、三十分かかります。自分がホテルまで迎えにいきます。晩飯もご案内したいですし」

「ご案内？」

「課長にいわれて冬湖楼を予約しました。一階のテーブル席ですが」

「課長もくるのか？」

「いえ。自分と佐江さんの二人です。冬湖楼には何も伝えていません。それが六時ですから、水野町を回れば、ちょうどいい時間になると思います」

「わかった。ホテルに戻って待っている」

ホテルに戻って一時間としないうちに川村は迎えにきた。覆面パトカーの運転を再び任せる。

「実はあのあと、県警本部で気になるものを見ました」

ホテルの駐車場から車をだした川村がいった。

「高校の同級生で、モチムネの社長室にいる奴が、上司らしい二人と県警本部からでてきたんです」

「モチムネの社長室？」

「はい。東京の大学をでてモチムネに就職したんです。いっしょにいたのは、モチムネの重役か、社長かもしれません」

川村は覆面パトカーを運転しながら答えた。

「何をしに県警本部にきたんだ？」

「それはわかりませんが、夜にでも携帯に電話して、訊いてみようと思っています。見かけた、といえば教えてくれる筈です。もし教えてくれなかったら、それこそ怪しい」

「捜査情報を得るために県警本部を、それも何人もでは訪ねないだろう」

佐江はいった。川村は暗い顔をしている。

「だといいんですが」

佐江は前を向いた。

「水野町というのは、どんなところなんだ？」

「本郷では、中央町の次ににぎやかな商店街だったところです。父の話では、昔は映画館もあったそうですが、今はすっかりさびれています。サガラ興業が本部をかまえたのは、その頃のようです」

「サガラ興業の構成員は？」

「準構まで含めて、十五人てところです。今はH市にある事務所のほうが出入りする人間が多いそうです」

「シノギは闇金、風俗、クスリか？」

川村は頷き、不思議そうに訊ねた。

「どこでつきとめたんです？　サガラ興業のことを」

「たまたま見かけたんだ。『ブラックシープ』の店長の木崎って男が、預けられたばかりの、おそらくクスリを抱きかかえてエレベータを降りてきた。軽く揺さぶったら、べらべらうたった」

「現行犯逮捕（ゲンタイ）したんですか？」

川村は目を丸くした。

「いや。話を聞いただけだ。サガラ興業の、秦と高橋って組員が、少し前に同じビルをでていった。たぶんそいつらからクスリを仕入れているんだろう」

「その木崎ってのが、客の子供相手にＭＤＭＡをさばいているようなんです。組対も内偵をかけたいんですが、何せ『ブラックシープ』の客がほとんど二十（はたち）前後なんで、入りこめないらしくて……」

「ＭＤＭＡか」

佐江はつぶやいた。覚醒剤成分を含む錠剤で、中国から大量に流れこんでいる。通称は

「バツ」。かつては「エクスタシー」という名で店舗で売られていた。

「どこから仕入れているかだな」

佐江はいった。本郷市の小さな愚連隊が直接海外まで仕入れにいく筈はなく、卸元がいる筈だ。それが暴力団とは限らないが、ＭＤＭＡを密輸し卸しているなら、当然他の組ともつながりがある。

「そこは不明です」

川村が首をふった。やがて道の左右が商店街になった。中央商店街のようなアーケードはなく、ぽつぽつと店が開いている。八百屋、肉屋、花屋が目につき、潰れた店を何軒かはさんで米屋にコンビニエンスストアがある。

「川村米穀店」という看板を、佐江はさした。

「実家か」

「はい」

覆面パトカーはその前を走りすぎた。中央商店街と異なり、人通りはほとんどない。

商店街が途切れた場所に、駐車場を備えたサガラ興業の本部があった。二階の窓に「サガラ」と金文字が入っている。駐車場には三台車が止まっていて、そのうちの一台が白のメルセデスだった。

「あのメルセデスが『ブラックシープ』のビルの下に止まっていた。それで目をつけたんだ」

川村は覆面パトカーを止めた。

「どうします？」

「どうしますったって、令状（フダ）もないのに押しかけるわけにはいかないだろう」

川村の問いに佐江は答えた。

「でも東京じゃ、デリヘルの事務所に砂神組の人間を呼びだしたじゃありませんか」

「あれは、相手を知っていたからだ。縄張りちがいで、そんな無茶はできない」

佐江がいうと、川村はがっかりしたような顔になった。

「そうなんですか。てっきりサガラ興業に乗りこむのかと思っていました」

「少しようすを見よう」

佐江はいった。

サガラ興業の本部は、厳重といえるような建物ではなく、簡単に人が出入りできる造りになっている。つまり警察のガサ入れや抗争を警戒していないということだ。入口はアルミサッシの引き戸で、ドア撃ちなどの被害にもあっていないとわかる。

その引き戸が開き、二十（はたち）そこそこにしか見えない坊主頭の男がでてきた。Tシャツの袖からびっしりタトゥの入った腕がのぞいている。

坊主頭の男は駐車場の端におかれた植木鉢に、ホースで水をやり始めた。止まっている覆面パトカーに気づいたのか、ちらちらとこちらを見ている。

「気づきましたよ」

川村がいった。

水をやり終えた坊主頭は、建物の中に戻った。ほどなく二人組がでてきた。秦と高橋だ。

「挨拶があるかな」

佐江はつぶやいた。二人は駐車場からようすをうかがっていたが、やがて覆面パトカーに近づいてきた。車内にいる佐江と川村をじろじろと見る。

「地元とあって、恐いものなしだな」

佐江はいって、窓をおろし、

「何か用ですか」

と声をかけた。

「それはこっちのセリフだ」

たてじまのスーツを着た男がいった。

「人の事務所の前に、何、止めてんだ」

「お宅らの通行の邪魔をしているか？　別にそうとは思えないが」

佐江は答えた。

「何だよ、お前ら」

だぶだぶのスポーツウエアの男がフロントグラスの正面からにらみつけた。

「嫌がらせか、おい」

「嫌がらせをされる心当たりがあるのか」

佐江は訊き返した。

「何だと、この野郎。車降りろ、こら」

スポーツウエアの顔が赤くなった。

「お前は降りるなよ」

小声で川村に告げ、佐江は助手席のドアを開けた。外にでると腕を組み、

「どっちが秦さんで、どっちが高橋さんだ？」

覆面パトカーによりかかった。二人の表情が変化した。

「なぜ俺たちの名前を知ってるんだ」

たてじまのスーツがいった。

「あんたは？」

「じゃあ、こっちの強面が秦さんだ」

佐江はスポーツウエアを示した。

「何だ、手前。デコスケか？」

秦が尖った声をだした。

「あんたら二人のことは、東京のお巡りさんにも有名でね。顔を見たくてやってきたんだ」

「はあ？」

高橋と秦は顔を見合わせた。

「とぼけたこといってんじゃねえぞ、この野郎。デコスケだってんなら、バッジ見せろや」

秦がいった。

「ただ車を止めていただけなのに、バッジださなけりゃ駄目か？　硬いことというなよ。有名なお兄さんがどんなものだか、見たかったんだよ」

佐江は答えた。秦が一歩踏みだし、それを高橋が手で止めた。

「あんた、俺たちのことをどこで聞いた？」

「だから東京でも有名だっていったろう。バツ扱わせたら、それはたいしたもんだって皆いってる」

高橋は無表情になった。

「何の話だ」

「だからバツの話さ。仕入れてるだろう、バツを」

「おい、証拠もなしにデコスケがそんなこといっていいのか」

「あれ、俺は刑事だといったか？」

「何だと」

「あんたらのことは東京のお巡りさんにも有名だとはいったが、俺は刑事だといってないよな」

「ああ？　デコスケでもねえのに、うちに嫌がらせにきたってか、おい！」

「刑事じゃないのか、あんた」

高橋は目をぱちぱちさせた。

秦が詰めよった。

「まあまあ。大事なのはバツの話だ。どこから仕入れてる？」

「ふざけんな。因縁つけようってのか、お前。誰がバツを仕入れてるってんだ」

「有名だよ。あんたら二人が仕入れたバツが、この本郷の子供に出回っている。それで東京のお巡りさんが動いているってわけだ」

「お前、デカなのかそうじゃねえのか、どっちだ？」

高橋も声を荒らげた。佐江は高橋の目をのぞきこんだ。

「いいのか、それに答えても。答えたら、俺もあんたも後戻りできなくなる」

気圧（けお）されたように、高橋は顔を引いた。

「なんでだよ」

「サガラ興業が扱ってるＭＤＭＡについて捜査するって話になる。今は、ただの世間話だが」

「いい加減にしろ、こら！　ぶっ殺されてえのか、おお」

秦が怒鳴った。

「お、殺すと脅迫したか、今。聞いたよな、あんたも」

佐江は高橋を見た。

「何いってんだ。俺は何も聞いてねえ」

秦の腕をおさえ、高橋はいった。秦がそれをふり払った。

「うるせえ。殺す」

秦は佐江の襟をつかみ、引き寄せた。その瞬間、佐江はにたっと笑った。

「やっちまったな」

秦の手首をつかんだ。

「脅迫、暴行未遂の現行犯だ。逮捕させてもらうよ」

ベルトから手錠をとりだした。そのとたん秦の手から力が抜けた。

「キタねえぞ。デカなら最初からそういえよ」

高橋がいった。

「ヒントはだしたぜ」

「逮捕でも何でもしろや、こら」

秦がふてくされたようにいう。

「まあまあ、そうとんがるなよ。俺は本当にあんたらの顔が見たくてきただけなんだ」

佐江は秦の手首を離した。

「あんた、何なんだ」

高橋が訊ねた。佐江はバッジを見せた。

「警視庁新宿署の佐江って者だ。今日は情報協力のお願いがあってきた」

「新宿署」

高橋は絶句した。

「パクれや」

秦が肩をそびやかす。佐江はその目をとらえ、

「つっぱるなよ、チンピラが」

低い声で脅した。秦の赤かった顔が白っぽくなった。佐江は手錠をベルトに戻した。

「バツなんざ、どうでもいい。あんたらに訊きたいのは、東砂会がこの本郷に入りこんでいないかって話だ」

「東砂会？」

怪訝そうに高橋がいった。

「東砂会が、こっちに目をつけてるってのかよ」

「東砂会傘下の砂神組だ。名前を聞いたことないか」

高橋と秦は顔を見合わせた。

「東砂会の名は知ってるけど、砂神組なんて知らねえ」

秦が吐きだした。

「一度も聞いたことないか？」

「ねえ。本郷はうちの縄張りだ」

佐江は高橋を見た。高橋も頷いた。

「知らねえ。本当だ」

その目を見つめた。嘘はついていないようだ。

「その砂神組ってのが、うちの縄張りを狙ってるってのかよ」

秦が訊ねた。佐江は秦を見て頷いた。

「あるいは、な」

「本当か」

「気になるか」

「あたり前だろう。何だって、そんな大世帯が本郷なんかに目をつけるんだ」

高橋がいった。

「そうだ。俺もそれが気になって、縄張りちがいの本郷まできたんだ。そういう点じゃ、あんたらと俺の利害は一致する」

「何？　どういうことだ？」

秦が顔をしかめた。

「あんたらは砂神組に本郷を荒らされたくない。俺も、砂神組の本郷進出をくいとめたい」

高橋は訊ねた。

「本気でいってるのか」

「ああ、本気だ」

「うちの人間にその話をしてもいいんだな」

「かまわない」

佐江は高橋と秦の顔を交互に見た。高橋も秦も顔をこわばらせている。指定広域暴力団傘下の組が自分たちの縄張りを狙っていると聞き、緊張したようだ。

「なぜ砂神組が本郷を欲しがってるのか、あんたら心当たりはないか？」

「ねえよ」

「ない」

二人は同時に答えた。佐江は息を吐いた。

「それがわかれば、砂神組の動きを東京で止めることができるんだが」

「その話、本当なんだろうな」

念を押すように高橋がいったので、佐江は覆面パトカーをふりかえった。

「この面パトがどこナンバーだか見えるか？」

「練馬(ねりま)だ」

「与太話ふかすために、東京からわざわざ走っちゃこない」

高橋は黙った。佐江はいった。

「どうだ、協力しないか」

「協力？」

「こっちで砂神組や東砂会に関する話を聞いたら知らせてほしいんだ」

「スパイをやれってのか」

秦の目が三角になった。

「誰がデコスケのスパイなんてやるかよ！」

「いいのか。砂神組が本郷に入ってきたら、そんな威勢のいいことをいっていられなくなるぞ。腕ききのヒットマンがいるらしいからな」

「ヒットマン……」

「そうさ。やるときは容赦なしだって噂だ」

佐江が頷くと秦はうつむいた。

「考えてみろ。ネタをよこせば、抗争なしで砂神組を追い払えるんだ。それともドンパチ上等か？」

佐江はサガラ興業の本部を目で示した。

「ドア撃ちくらったって、死人がでそうな建物だが、本当は鉄板でも入れてるのか」

「うるせえ」

秦はいい返したが、声に力がない。佐江は名刺をだした。携帯の番号を書いてある。

「しばらくこっちにいるつもりだ。何か聞いたら、携帯に電話くれよ」

受けとった高橋がいった。

「ガセじゃねえだろうな」

「もちろんだ」

佐江は頷き、つけ加えた。

「いっておくが、俺に協力するって話は組うちではしないほうがいい」

「なんでだ？」

「お宅の誰かがもう砂神組にとりこまれているかもしれない」

「そんな奴いるか！」

秦が勢いをとり戻した。

「そうか？　古川組がうまくいかなくなったとき、お宅にきた人間もいたろう。そいつは古巣のネタを流しはしなかったか？　した筈だ」

秦はぎょっとしたような顔になった。

「心当たりがあるようだな」

佐江は二人の顔を見比べ、告げた。

「連絡待ってるぞ」

20

まるで魔法を見ているようだった。魔法でなければ催眠術だ。サガラ興業のチンピラをあっというまに佐江は手なずけてしまった。

最後には頭を下げんばかりにして本部に戻っていく二人を、川村は信じられない思いで車内から見ていた。

これが新宿マル暴刑事の実力なのか。田舎やくざではとうてい太刀打ちできない。当の佐江は何もなかったような顔をしている。

「すごかったですね」

川村がいうと、覆面パトカーに戻った佐江は不機嫌そうに鼻を鳴らした。

「別にすごくも何ともない。誰だって、平穏な暮らしを失くしたくない。それが極道でも、だ。それだけのことさ」

川村は首をふった。

「勉強になりました」

覆面パトカーのエンジンをかけた。冬湖楼に向かわなければならない。

市街地を抜け、登り坂を走らせる。何か所か九十九折りのようになったカーブがあり、越えるたびに標高があがる。それにつれ夕暮れの街並みが小さくなった。佐江は無言で車窓から眺めている。

「いい景色でしょう。デートコースにもなってます」

川村はいった。

「冬湖楼に女の子を連れていったことはあるか？」

「ありません。自分も食事をするのは初めてです」

「事件で客は減ったのか？」

「一時はかなり減りましたが、今は戻ったようです。モチムネもまた、使っているみたいですし」

冬湖楼が見えてきた。

「あの建物がそうです。この道は冬湖楼でいき止まりなんです」

木造三階だての洋館が桜の花に包まれている。川村は道をはさむようにそびえる門をくぐり、車寄せへと覆面パトカーを進めた。

正面玄関から法被(はっぴ)を着た男の従業員がでてきて腰をかがめた。川村は窓をおろした。

「いらっしゃいませ。ご予約は――」

「川村です」

「お待ちいたしておりました。駐車場はあちらでございます」

「まるで旅館だな」

佐江がつぶやいた。

「そうですね」

覆面パトカーを降りた二人を着物姿の女が建物の中へと誘った。観音開きの扉を抜け、重厚な廊下を進む。両側にはH県出身の画家が描いた絵画がかけられていて、多くが四季おりおりの本郷の景色だ。

「冬湖というのはこれか」

佐江が足を止めた。白い湖に沈んだ街が、枯れた樹木に囲まれている。美しいが、どこか寒々しい。

「さようでございます。昔からいろいろな芸術作品の題材になって参りました。ぜひまた、冬にもお越し下さいませ」

案内役の着物の女がいった。

二人は廊下を抜けた先にあるレストラン席に案内された。窓ぎわのテーブルだ。

「上は個室ですか」

佐江が訊ねた。

「はい。二階が個室宴会場になっております。三階は現在、使っておりませんが」

理由は告げず、女が答えた。

テーブルについた二人にメニューが手渡された。和食会席、洋食フルコース、レストラン席のみのアラカルトが記されている。

「県警もちです。お好きなものをどうぞ」

川村は小声でいった。

「じゃあ洋食のコースを」

佐江が答え、川村はフルコースを二人前注文した。酒は頼まない。

「これはうまいな」

佐江がつぶやいたのが、前菜で供された鱒（ます）の燻製（くんせい）だった。生臭さがまるでなく、骨まで柔らかくなっている。

冬湖楼で焼いているロールパンに地元牧場で生産されたという濃厚なバターが添えられ、デザートのアイスとフルーツも地場産のようだ。

平日のせいか、レストラン席の客はさほど多くない。だが七時前に、店内がややあわただしくなった。二階を利用する団体客が到着したようだ。

日が完全に落ちると、窓からは本郷の街の夜景が見えた。東京のような派手さはないが、またたく灯にあたたかみがある。

「きれいですね」

思わず川村はつぶやいた。

「俺のかわりに彼女でも連れてくればよかったんだ」

佐江がいった。

「そんな人いません」

「いないのか？」

「別れちゃいました。佐江さんはどうなんです？」

「お前にいないのに、俺にいるわけないだろう」

佐江は首をふった。

「なんか、佐江さんにはいそうな気がしてました。年増の色っぽい、小料理屋の女将さんみたいな人が」

「夢みたいなこと、いってるんじゃない」

佐江は笑い声をたて、それを機に二人はテーブルを立った。川村が勘定をすますあいだ、佐江は敷地をぶらついていた。

駐車場には「冬湖楼」のロゴをつけたマイクロバスが止まっていた。本郷駅から客を運んでいるのを、川村は見たことがあった。飲酒運転の取締まりが厳しくなり、街から遠いこともあって送迎バスを運行しているのだ。

「ごちそうさま」

川村がロックを解くと、覆面パトカーの助手席に乗りこみながら佐江がいった。

「いえ、こちらこそごちそうさまです。佐江さんがいらっしゃらなかったら、こんな豪華な食事はできませんでした」

川村がいうと、佐江は苦笑した。

「それにひきかえ俺が連れていったのはラーメン屋くらいだ」

「あれはあれでうまかったです」

川村はエンジンをかけた。

「どうでした？　冬湖楼は」

「邪魔者をまとめて片づけるには、おあつらえむきだ。無関係な人間は現れないし、広い敷地のどこにでも隠れることができる」

佐江は答えた。

「それって――」

「結論をだすのは早い。だが犯人が消したかったのが、ここにいた五人のうちのひとりなのか、複数なのかを考える材料にはなるだろうな。市長を除く全員がモチムネ関係者だったのだから」

「その点は県警もかなり厳しく捜査しました。遺産や地位が狙いだったのではないかと。ただ、モチムネは基本的には同族経営ですから、著しく利益を得るような人間もいなかったと聞いています」

答えてから川村は思いだした。駐車場の端で車を止める。

「電話を一本かけていいですか。今日見かけた高校の同級生に、何をしに県警にきていたのかを訊いてみます」

あまり遅い時間にかけると、いかにも探りを入れているという印象をもたれるのではないかと思ったのだ。

佐江が頷き、川村は携帯をとりだした。河本の番号は入っている。さほど長く呼びだすことなく、応答があった。

「河本です」

「川村です。久しぶり」

「おお、元気か。偶然だな。今日、お前のところにいったんだ」

河本のほうから県警本部を訪れた話をしてきた。

「そうなのか。それはまたどうして？」

見かけたことはいわず、川村は訊ねた。

「実は近々、外国から視察団がくることになっていてな。それがちょっとした人数なんで、一応、県警にも話を通しておこうと」

「外国って？」

「主に中国だが、一部、ベトナムとかミャンマーの人間も交じる。うちの生産体制とか地域への貢献システムなんかを視察したいと、取引先を通じて、中国の工業団体がいってきたんだ。向こうの政府主導なんだが、形上（かたちじょう）は民間交流ということになってる。それで百人近い視察団が本郷市にくるんだ」

「百人も」

「ああ。通訳とかあっちのマスコミ関係者もくっついてくるんでな。ホテルもそうだが、食事とかの手配もあるんでたいへんなんだ」

「いつなんだ、それは」

「もうすぐさ。明後日だ。前々から話は通していたんだが、いよいよだってんで、県警本部長に挨拶しにいったのさ」

「知らなかった」

「そりゃそうだ。お前のいるのはもっと物騒なところだろ」

確かに捜査一課とは関係がない。

「明後日から何日くらい、本郷にいるんだ？」

「本郷じゃ二泊三日の予定だ。そのあと、東京と京都にいく。まあ、視察を兼ねた観光旅行さ」

河本の声はほがらかだった。

「とはいえ、うちとしちゃ、本郷滞在中は責任がある。宿、飯、それ以外の要望もあるなら、なるべく応えようってんで、大わらわさ」

「その百人は、どうやって本郷に入るんだ？　バスか？」

「いちおうバスを準備しているが、何人かは電車でもくるようだ」

「宿は？」

「本郷のホテルじゃ全員を収容するのは難しいんで、鶴見（つるみ）温泉の、主だった旅館をおさえた。本郷のホテルは、うちの人間も出張で使うからな。視察団全部を泊めたら、そっちに影響がでる」

鶴見温泉というのは、H市に近い温泉街だ。本郷とは、車で約三十分の距離だ。

「なるほど、それはたいへんだ」

「視察団のアテンドに俺も駆りだされる」

これまでそんな大規模な視察団を受け入れたことがないからな、と河本は笑った。

「そうか。まあ、がんばってくれ」

「お前のところとは直接関係はないだろうが、何かあったら、よろしく頼む」

そつなくいって、河本は電話を切った。

「たいへんです」

携帯をおろし、川村は佐江を見た。

「どうした？」

「モチムネに、外国からの視察団がやってきます。明後日から二泊三日。人数は百人近いそうです」

佐江の顔が険しくなった。

「百人」

「ええ。中国人がメインですが、ベトナムやミャンマーの人間も交じっているようです。重、参は、いつ出頭してくるでしょう。かちあったら、保護がたいへんになります」

「視察団は市内をうろつくのか」

「わかりませんが、モチムネの施設だけではないと思います。地域への貢献システムも見にくる、といってましたから」

「貢献システム？」

「おそらく、どれだけ地元の役に立っているか、ということでしょう。循環バスや劇場、美術館なども、モチムネは提供していますから。それを見せるとなれば、市内です。殺し屋が交じっていても、見分けがつきません」

「視察団はどこに泊まるんだ？」

「H市に近い鶴見温泉の旅館のようです。でも一部は本郷市内にも泊まるのじゃないかと思います。視察団全員を本郷市のホテルには泊められないといっていましたから」

「世話役を本郷市に泊まらせ、あとは温泉旅館か」

佐江はつぶやいた。

「そうかもしれません。視察団には通訳の他に向こうのマスコミ関係者もくっついてくるそうです」

「お宅の課長には悪夢だな」

いわれて気づいた。

「課長に連絡していいでしょうか。明日朝イチでも知らせられますが」

「今、知らせたほうがいい」

川村は仲田の携帯を呼びだした。仲田は東京から県警本部に戻ってきたところで、川村の知らせを聞き、絶句した。

「百人の視察団だと」

「そうです。下手をすると、本郷じゅうをその連中が動き回ることになります」

「明後日から二泊三日といったな」

「はい」

仲田の問いに川村は答えた。

「佐江さんもいっしょか」

「いっしょです。今は冬湖楼の駐車場にいます」

「重参からの接触は？」

「まだありません」

仲田は唸り声をたてた。

「とにかく、明日、県警本部に佐江さんをお連れしろ。十時から会議だ」

「了解しました」

川村は答え、電話を切った。

「やはり動揺していました」

覆面パトカーをだし、市街地に向けて走らせた。二人ともしばらく無言だった。やがて我慢できなくなり、川村はいった。

「これが偶然じゃないなんて可能性はないですよね」

「重参の出頭に合わせて視察団を呼ぶなんて芸当ができるとすれば、モチムネ全体が事件に関係していることになる」

佐江がいった。

「さすがにそれはないか……」

川村はつぶやいた。駅前のビジネスホテルの駐車場に覆面パトカーを止め、二人は外にでた。

「では明日九時に、迎えにきます」

ビジネスホテルのロビーで川村は告げた。

「了解した。今日は実家か？」

佐江の問いに川村は首をふった。

「そうも思ったのですが、寮にもしばらく帰っていないので、そっちに戻ることにします」

寮はH市にある。佐江は頷いた。

「そうか。ごちそうさま、いろいろお世話さまでした」

「いえ。あの、もし重参から連絡があったら、何時でもかまいませんので、一報願えますか」

川村の言葉に佐江は頷いた。

「知らせる」

佐江と別れ、川村は本郷駅からJRに乗りこんだ。寮に戻るつもりだったが、その前に県警本部に寄っていくことにした。佐江とばかりいっしょにいると、一課の人間に思われるのがつらかったのだ。

一課には、仲田がまだいた。石井も残っている。川村はほっとした。

「佐江さんはどうした？」

「ホテルで別れました。明朝迎えにいきます」

「かわったようすはないか？」

仲田が訊くと石井も川村を見つめた。その目がどこか冷たいように川村は感じた。

「実はサガラ興業の本部にいきました」

「サガラ興業？　愚連隊のか」

あきれたように石井がいった。

「そうです。佐江さんはひとりで中央町をうろついていて、サガラ興業のチンピラを見かけたようなんです。そのチンピラがＭＤＭＡを卸しているバーの店長を問いつめ、水野町の本部に乗りこんだんです」

「なぜそんな真似をするんだ。管轄ちがいだろう」

石井が腹立たしげにいった。

「狙いはＭＤＭＡではなく、砂神組の情報です」

「砂神組？」

川村は覆面パトカーの中で聞いていたやりとりを話した。

「あっというまにサガラ興業のチンピラを手なずけてしまいました。もし砂神組の噂を聞きつけたら、知らせるように、と」

「それこそ越権行為じゃないか。佐江さんには事件の捜査をする権限なんてない」

石井がいきりたった。仲田がいった。

「そうともいえない。こちらが協力を頼んでいるんだ。それに川村から県警に情報が伝わるとわかっている筈だ」

川村は頷いた。

「佐江さんは少しでも重参を狙う者の情報を得ようとしているのだと思います。横にいてわかります。あの人は手柄をあげたいとか、まるで考えていません」

「すっかり佐江信者だな」

石井が皮肉のこもった口調でいったが無視した。

「それより課長、問題は視察団です」

仲田は頷いた。

「もし重参からの接触があったら、出頭を早めるように説得してもらってはどうでしょう」

「駅や高速には人を配置しているが、視察団と重なると、確かに重参の確保は難しくなるな」

仲田の言葉を聞き、川村ははっとした。仲田が考えているのは阿部佳奈の身柄を確保することであって、その先、阿部佳奈を狙う者についてはどうでもいいのだ。出頭さえさせてしまえば、阿部佳奈が襲われることはないと信じているようだ。

果たしてそうだろうか。

警察の勾留施設やホテルでも、阿部佳奈の口を塞ごうとする者が現れるかもしれない。

が、その懸念をここで口にするのはためらわれた。犯人のスパイが県警にいると主張するようなものだ。

「でも重参がそれを利用する可能性もあるのじゃないですか。視察団のどさくさにまぎれて本郷に入りこむかもしれません。そうなったら確保が難しくなります」

石井がいった。

「どうやって視察団のことを知るんです？」

川村は訊ねた。

「佐江さんが教えるのさ。出頭前に県警が重参の身柄を確保したら、自分の出番がなくなっちまうからな」

「そんなことを考える人じゃありません」

「あの人のせいで俺たちがどれだけふり回されたか、お前はわからないんだ。張りついてさえいればいいのだから、楽なもんだよ」

石井の言葉にむっとしたが、川村はいい返すのを我慢した。佐江の肩ばかりもっていると仲田に思われるのは賢明ではない。

「その重参からの連絡はまだないんだな」

仲田が訊ね、川村は頷いた。

「ありません」

「あのまま新宿で身柄を確保すればよかったんだ。佐江さんが逃がしたようなものだ」

石井がいった。

「でも殺し屋がいたんですよ。重参が殺されたら、元も子もなくなる」

「それを証明できるか？　佐江さんがいっているだけだ」

「もういい。とにかく重参の身柄の確保を最優先するんだ」

仲田がいった。川村は仲田を見た。

「もし確保したとして、その後の取調べに佐江さんを同席させますか？」

「なぜそんなことをする必要がある」

石井がかみついた。

「それが出頭の条件です」

「重参のいうことを何でも聞くのか。馬鹿げてる」

一拍おいて、仲田が答えた。

「最初の取調べには同席してもらう。その後については状況しだいだ」

「重参は、佐江さんにしか喋らないかもしれません」

「忘れるな。これはH県警のヤマだ」

川村は頷く他なかった。

21

翌朝、川村の運転する覆面パトカーに乗って、佐江はＨ県警察本部に出向いた。県庁と市役所にはさまれた、いかにも頑丈そうな建物だ。

簡単な顔合わせのあと、会議が始まった。

阿部佳奈からまだ連絡はないが、明日には百人からの外国視察団が本郷市を訪れるという報告に、どよめきが起こった。

「これにより、まず阿部佳奈の身柄確保が難しくなることが考えられる。高速道路やＪＲの駅の混雑を利用して、本郷に入りこむ可能性があるからだ。ただし、阿部佳奈が視察団について知っているかどうかは不明だ。つづく第二の問題として、阿部佳奈の出頭を阻もうという勢力の侵入も察知しづらくなる。視察団には海外のマスコミ関係者も同行する。その一部のフリをして本郷に入りこむかもしれない。また、ふだん市内で見かけない種類の人間だからといって、安易に職務質問をかけるわけにもいかない。視察団の本郷訪問については、モチムネから県警本部に事前の連絡もきている。視察団に不快な印象を与えるようなことがあってはならない。明らかに視察団とは思われないような者ならともかく、それ以外の人間には慎重な対応が望まれる」

仲田がマイクを手に喋った。佐江をふりかえる。

「では、重参の出頭を阻もうという勢力の存在について、新宿警察署の佐江警部補に説明していただく」

〝出頭を阻もうという勢力〟の存在は、あくまで佐江の主張だといわんばかりだ。佐江は立ちあがり、マイクを受けとった。

「ご紹介いただきました佐江です。判明していることはわずかです。東砂会系の砂神組と、かつて東砂会専属のヒットマンであった『中国人』という渾名の人物が、新宿のフォレストパークホテルで、重参の命を狙っていました。重参はそれを事前に察知し、自分のかわりに興信所の探偵を、出頭場所であるホテルに派遣しました。つまり重参は、自分が標的にされていると知っています。ただし、誰が自分を狙っているのかまでは知らない。本人からそれを私は聞いています。それならば、なぜ危険をおかしてまで出頭するのか。そこに重参の意図があると考えます」

佐江は言葉を切った。会議室は静まりかえっている。

「重参の意図は、出頭を機に『冬湖楼事件』の犯人を炙(あぶ)りだそうというものだ、と私は考えます。暴力団やヒットマンの背後には、必ずこれを動かしている人物なり団体が存在します。それを暴露するのが、重参の目的ではないでしょうか」

マイクをおき、佐江はすわった。とたんに会議室は騒然となった。盛んにモチムネという言葉が飛びかっている。

「静かに！　静かにしろ」

仲田が何度も叫び、ようやく会議室は静まった。仲田は息を吐き、マイクに喋った。

「今のはあくまでも佐江さん個人の意見だ。予断はもたないように。確かに事件の被害者を考えれば、モチムネ関係者に疑いの目を向けたくなるのはわかるが、そればかりにとらわれると重要な手がかりを見落とすことにもなりかねない。各人はとにかく慎重かつ冷静な判断のもとに、重参の確保につとめていただきたい」

その後、各捜査員の配置確認がおこなわれ、会議は終了した。

佐江には誰も近よってこない。刑事部長の高野が苦い顔で佐江をにらんでいるからだ。

「まずかったですかね」

佐江は高野にいった。

「まずくなんかないですよ。実際、事件とモチムネは無関係ではないのですから」

川村がいった。

「問題は――」

高野が口を開いた。

「本郷市、いやH県全体にとってモチムネが重要な存在の企業だという点だ。多くの雇用を生みだし、利益を地域に還元している。文化事業にも積極的だ。確かに事件とモチムネのあいだには何らかの関連性があるかもしれないが、それをもってモチムネが悪質な企業であるとか、会社全体で悪事に手を染めているといった色眼鏡で見るわけにはいかない」

「もちろん、そんなことは考えていません。ただ重参が私を名指しした理由に、モチムネが関係しているのではないかと疑ってはいます」

佐江が答えると高野の目が険しくなった。

「それはつまり、モチムネと県警察本部との関係に問題があると考えているのですね」

「刑事部長がH県の出身でないことは承知しています。しかし県警の幹部が本郷市の歴代市長に選ばれているのも事実です。選挙に際しては、モチムネの支援をうけています」

高野は深々と息を吸いこんだ。

「だからといって捜査にあたってモチムネの関係者を除外するようなことはなかった筈です」

佐江は頷いた。

「俺もそんなことは思っていません。問題は、重参がそう考えていて、おそらくそれには根拠があるという点です。出頭を阻もうとしているのは、その根拠が明らかになるのを恐れている連中ではないでしょうか」

高野の表情が動いた。

「その根拠なるものについて、佐江さんは何か聞いていますか？」

佐江は首をふった。

「それは重参の生命線です。たぶん出頭するまでは口にしないと思います」

高野は黙りこんだ。

「つまり重参はモチムネに関する秘密を握っているということですね」

川村がいった。佐江は頷いた。

高野が川村をにらんだ。

「そういう話をみだりに他でしてはいないだろうな」

川村は首をふった。

「とんでもありません。自分は本郷の生まれです。モチムネが地元にとっていかに大きな存在かはわかっています」

「だからこそ重参も出頭するまで情報を隠しているのじゃないでしょうか。小出しにして誤解を招くのを避けたいのかもしれません」

佐江はいった。

高野は息を吐いた。

「問題は、どのタイミングで重参が本郷入りするかだ」

「重参が入れば、殺し屋も追ってきます」

佐江がいった。

「殺し屋に情報が伝われば、だ。重参が本郷で出頭することを知っているのは、限られた人間だけだ。それなのに殺し屋が追ってくると、佐江さんは思うのですか」

高野が佐江を見つめた。

「それを確かめるために、本郷での出頭を、俺は勧めたのです」

「どういうことです？」

「限られた人間しか知らない筈の、フォレストパークホテルでの出頭を、殺し屋は知っていました。本郷での出頭を知るのは、さらに限られた人間です。もしそれが伝わっていたら、我々の中にスパイがいる証拠になります」

高野は目を大きく広げた。

「自分のいっていることがわかっているのでしょうな」

高野の声には怒気が含まれていた。

「もちろんです。ですが誤解しないで下さい。俺はスパイ捜しをするつもりはありません。重参に関する情報が洩れるのは、本郷では避けられない事態だと思っているだけです」

「避けられない事態？」

「小さな町では、ふだんとちがうことがあれば人は必ずその理由を考え、たいてい答えを見つける。川村くんも覚えがあるだろう。家族以外知らないようなことを、近所やいきつけの商店の人がなぜか知っている」

川村が無言で頷いた。佐江は高野を見つめた。

「俺が生まれて育ったのは、千葉の漁師町でした。隣近所すべてが、ひい爺さんの代からそこに住んでいるようなところです。そんな田舎町じゃ秘密なんてどこにもない。誰が誰とつきあっているとか、あの家で夫婦喧嘩が起きたのは晩飯のオカズに何をだしたのが理由だとか、隣町にでかけただけで翌日には町中の人間が知っていた。それと同じです。本郷市民にとって『冬湖楼事件』は、決して忘れられないできごとです。折に触れ、人は思いだし話題にする。犯人は誰なのか、昏睡中のマル害は意識が戻るのか、現場から消えた重参は見つかるのか。県警捜査一課の人たちがどれほど秘密にしようとしても、大挙して新宿に向かえば、あっというまに広まる。東京で、新宿で、何かがあると。それが本郷に戻ってきて、駅や高速のインターを見張っているとなれば、今度は地元で何かがあるにちがいないと考えます。ふだん見かけない覆面パトカーが止まっているだけで、誰しもが異常に気づく。大都市とはそこがちがう。すぐさま噂になり、それはやがて犯人の耳にも届く」

聞いているうちに高野の顔が赤くなった。

「つまり、一課の動きが犯人に情報を与えているようなものだ、と佐江さんはいいたいのですか。人を送らず、張り込みもしなければ、犯人に情報は伝わらなかった、と」

佐江は頷いた。

「そうです。ここにきて、俺は東京の刑事でよかったと思いました。歩き回ろうが、つっ立っていようが、東京では知らない人間には誰も目を向けない。ですがここはちがう。ふだん人のいない場所に見慣れない人間がいれば、必ず注目され、それが広まってしまう」

高野は唸り声とともに息を吐いた。

「確かに新宿で何かがあると犯人は察知したかもしれないが、フォレストパークホテルまで、どうやって知ったのです？」

「蛇の道はヘビという奴です。砂神組は、新宿を縄張りにしています。他県の刑事であっても、それらしい連中が集まっているとなれば、ここで何かあると気づきます」

佐江は答えた。が、フォレストパークホテルでの出頭が殺し屋に伝わったのは、まちがいなくスパイからだ。しかしそれをいえば、スパイ捜しが始まる。

高野は信じられないように佐江を見ていたが、目をそらした。

「なぜあんたを重参が指名したのか、その理由にも思いあたる節はない？」

「ありません。重参と俺には面識がないのです」

「確かですか？　変名で会っていたということもないと断言できますか」

断言できる。バー「展覧会の絵」で同じカウンターにすわっても佐江は気づかなかった。が、その話をするわけにはいかない。

「そこまでは。ですが俺のことを重参に教えたであろう人間の見当はつきます。外務省の職員で、今は中国に出張中です。もろもろの理由から、向こうからの連絡を待つ他なく、それがまだこないのです」

「外務省の職員？」

佐江は頷いた。キャリア警察官である高野は、他省庁の人間に対して、敏感に反応した。

「どこにいる人物です？」

「アジア大洋州局の中国課です」

高野はまじまじと佐江を見つめた。

「その職員と組んで捜査にあたった事件の情報を使って、重参は俺本人と話していることを電話で確認してきました。したがって、その職員から俺の話を聞いた可能性は高いと思われます」

「なるほど。だが、その職員と連絡はつかない、と」

「辺境にいて尚かつ盗聴のおそれもある、というのです」

高野は首をふった。

「つまり確たるものは何もない、というわけだ」

「その通りです」

「客観的な証拠は何もないのに我々は重参にふり回されている」

いまいましげに高野は吐きだした。

佐江の懐で携帯が振動した。その場にいる全員がそれに気づいた。佐江は携帯をとりだした。

「知らない番号だ」

表示されているのは登録にない携帯電話の番号だった。

「もしもし、佐江です」

周囲の注目の中、佐江は耳にあてた。

「秦です。きのう会った」

男の声がいった。

「サガラ興業の秦さんか」

肌で感じられるほど周囲の緊張がゆるんだ。

「そうだ。実はちょっと思いだしたことがあってよ。それをあんたに話そうかと思ってな」

「何だ？」

「電話じゃ話しにくい。といって、あんた、この辺の土地勘がないだろう。どこで会うにしても――」

「『ブラックシープ』はどうだ？」

「えっ」

「『ブラックシープ』なら、俺でも場所がわかる」

「いや、あそこは――」

「店長も口が固そうじゃないか」

佐江がいうと、観念したように秦は息を吐いた。

「わかったよ。そうだな、今日の夜九時にこられるかい？」

「いける。俺以外にもうひとり連れていくがいいか？」

「いいけど、店にアヤつけるなよ、いいな」

「あんたの話を聞きにいくだけだ。もっとも目の前でバツの売り買いをされたら、知らん顔はできないぞ」

「わかってるよ。じゃああとで」

秦は電話を切った。

「サガラ興業の人間ですか」

川村が勢いこんで訊ねた。

「秦だった。俺に話したいことがあるらしい」

「サガラ興業というと、本郷市に本部のある愚連隊だね？」

高野が訊ね、佐江は頷いた。

「東砂会、あるいは砂神組に関する情報があれば知らせてほしい、と頼んだのです」

「元から知り合いなのですか？」

「いえ。きのう知り合ったばかりです」

高野はあっけにとられたような顔になった。

佐江は川村に告げた。

「九時に『ブラックシープ』で会うことになった。つきあってくれ」

22

「ブラックシープ」は、いかにも子供が集まりそうな内装の店だった。ソフトダーツが二台にピンボールマシン、古いジュークボックスがおかれ、五〇年代アメリカ風のネオンサインが壁で点っている。流れているのは、七〇年代のポップスだ。秦から店長の木崎に知らせがいっているのだろう。客はカウンターにすわる秦ひとりだった。向かいにチェックのベストに蝶タイをつけた木崎が立っている。

扉を押して入ってきた佐江と川村に、木崎は表情を硬くした。

「ずいぶん静かだな。今日は貸し切りか？」

佐江はいった。ビールのグラスを前にしていた秦がふりかえった。川村を見つめる。

「あんた、きのうパトの中にいたろう」

「そんなに刑事の友だちを増やしたいのか」

佐江はいって、店の奥のボックス席を示した。

「向こうで話そう」

秦は川村から目を離し、立ちあがった。

「あの、刑事さんたちは何をお飲みに――」

木崎がいいかけ、

「何もいりません」

川村がさえぎった。

ボックス席の奥に秦を追いやり、隣に佐江はすわった。向かいに川村が腰かける。秦は不安げな顔になった。

「何だよ、これじゃあまるで――」

「文句をいうな。忙しい俺たちを呼びだしたのはそっちだ。ちがうか」

佐江はぴしりといった。秦にもったいぶらせたり、情報の謝礼を求めさせないためだった。

秦はぐっと頬をふくらませたが、その目を佐江がのぞきこむとうつむいた。

「聞かせてもらおうか。何を思いだしたんだ？」

「昔、噂を聞いたことがあるんだ」

「昔ってのはどれくらい昔だ」

「えっ。ええと、十年くらい前かな」

「正確に思いだせよ」

「十一、いや十二年前かもしれねえ」

いって秦は声をひそめた。

「モチムネの倅が東京の大学生だったときの話だからよ」

佐江は川村を見た。

「それは今、東京支社長をしている用宗さんのことですか」

川村が訊ねた。

「たぶんそいつだ。東京の大学にいったのだろう？」

秦は川村に訊き返した。川村は頷いた。

「十一、二年前に大学生だったのなら、おそらく現東京支社長の用宗さんだと思います」

「下の名は？」

佐江は訊ねた。

「ええと、悟志かな。そうだ。用宗悟志です」

「そうだ。確か、そんな名前だった」

秦が頷いた。

「その用宗悟志がどうしたんだ？」

「東京で不始末をしでかし、その尻ぬぐいを極道にさせたって噂が流れたことがあるのを思いだしたんだ」

「どんな不始末なんだ？」

「女がらみだったとは思うが、詳しいことはわからねえ」

「尻ぬぐいをした極道というのは？」

「それが、噂じゃ東砂会系の組だったって」

「東砂会のどこだ？」

「新宿を張ってる組だと思う」

「東砂会系で新宿を縄張りにしている組はいくつもあるぞ」

「細かいことはわかんねえよ。あんたがいってた砂神組ってのはどうなんだ」

佐江は頷いた。

「砂神組も新宿が縄張りだ」

「だったらそうかもしれねえ」

「尻ぬぐいの内容がわかりますか？」

川村が訊ねた。秦は首をふった。

「まるでわからねえよ。わかってたら尻ぬぐいにならないだろ。ガキでもこしらえたとか、そんなのじゃないのか。それで金をよこせって話になったとか。極道の女にちょっかいだして、むしられそうになったのを、別の極道を使って話をつけたのかもしれねえし」

「極道とのトラブルに極道を使ったら、倍以上の金がかかる」

佐江はいった。

「そうだけどよ、知らない奴も多い」

「その噂を聞いたのは誰からです？」

川村が訊ねた。秦は口ごもった。

「忘れた」

「思いだせ」

佐江はいった。嘘をついている。

「思いだせねえよ」

「東京にコネがある人間だろう？　お宅の組員じゃないな」

「だから忘れたって！」

佐江は秦の腕をつかんだ。低い声でいう。

「おい、ウラもとれない大昔の噂話を聞かせるために呼びだしたってのか。お前、東京のマル暴をナメてるのか」

秦の顔が白っぽくなった。

「だってよ、本当に――」

「だからナメてるのか。噂をお前に話したのは、お前のところと取引のある東京の人間だろう。そうだな――」

佐江は「ブラックシープ」を見回した。

「ここでガキ相手にさばいているブツを卸してくれる奴とか。どうだ？」

秦はうつむいた。

「だから忘れたって」

佐江は秦の顔を下からのぞきこんだ。

「じゃあ忘れたってことでいい。だから俺が訊くことにイエスノーだけ答えろ。いいか」

秦は小さく頷いた。

「そいつは、お前らにクスリを卸してた奴か」

わずかに間をおき、秦は頷いた。

「どこかの組員なのか？」

秦は首をふった。

「つまりクスリの卸が商売だってことは、他の組ともつきあいがある。その関係で噂を聞き、お前に話したんだな」

　秦は頷いた。

「東京の人間か？」

　頷いた。

「今でも同じ商売をしているのか」

　頷いた。

「じゃあ次は名前だ」

　秦は目をみひらき、激しく首をふった。

「大丈夫だ。お前から聞いたってことは絶対いわない。もしそんな話をしたら、お前らにクスリを卸してくれなくなっちまうものな」

　佐江は秦にささやいた。秦はこくんこくんと頷いた。

「よし、名前だ。ア行で始まる名か？」

　首をふった。

「カ行か？」

　首をふり、ナ行でようやく頷いた。

「ナか？」

首をふる。

「ニか？」

頷いた。

「ニで始まる名か。じゃ次の字だ。ア行――」

「新田(にった)だ」

我慢できなくなったように秦が吐きだした。

「新田さんて人だよ！」

佐江は秦を見つめた。

「新田孝介(こうすけ)か」

秦は目をみひらいた。

「知ってるのか、あんた」

「老舗のクスリ屋だ。そうか、あの野郎、田舎相手の商売もしていやがったのか」

佐江はつぶやき、秦を見た。

「新田は、どんな風にお前に話したんだ？」

「昔のことだから、あまりはっきりは覚えてないんだけどよ、会ったときに――」

「どこで？」

「え？」

「新田とはどこで会ったんだ？」

「そんなの関係ねえだろう」

秦の目が真剣になり、佐江は気づいた。

「クスリの取引現場だな。どこだ、いえ」

秦は目を閉じ、息を吐いた。

「高速のサービスエリアだよ。名前は勘弁してくれ」

「つまり今でも同じやりかたで取引しているってことだな」

秦は頷いた。

「いいだろう、つづけろ」

「サービスエリアで会って、ブツを受けとったときに新田さんから訊かれたんだ。『モチムネって会社を知ってるか』って」

「それで？」

「俺が、知っている、地元の大きな企業だと答えると、『そこの御曹司が不始末を起こしたらしい』といった。何の不始末なんだと訊いたら、新田さんは『そこまでは知らねえ。ただ尻ぬぐいをしたのは、東砂の俺の知り合いだ』と。知らないわけねえ、と思ってしつこく訊いたんだが、教えてくれなかった」

「東砂の何という奴かも教えなかったか？」

秦は頷いた。

「それで、俺も少し調べてみた。モチムネの御曹司がからんでいるのなら、絶対金になるからな。だけど地元のこっちじゃ、そんな話は誰も知らなかった」

「つまり尻ぬぐいが完璧で、噂にもならなかった」

「そうだと思う。その次に新田さんに会ったときも、その件を訊いたんだが、『何の話だ。覚えてねえ』って、とぼけられちまった」

「自分から話しておいてか？」

「ああ。たぶん箝口令がしかれたんだと思う。東砂によほどでかい銭が渡ったんだろうよ」

「誰から？」

「モチムネさ。決まってるだろう」

佐江は川村を見た。

「東京支社長は二代目なのか」

「三代目です。創業者の未亡人が会長、その息子が社長。東京支社長は、社長の息子です」

「冬湖楼のマル害は、何になる？」

「社長の妹の夫で、会長には娘婿にあたる兼田建設の社長新井が死亡し、創業時代からの番頭で副社長の大西が昏睡中です」

佐江は川村を見つめた。

「他のマル害が弁護士と市長か」

川村は頷いた。

「つまり用宗家の血をひいた人間は被害にあっていないんだな」

「そうです」

「俺らもそれは妙だと思ったんだ。創業家の用宗家の人間が殺られず、娘婿と番頭が撃たれたのだからよ」

　秦がいったので、佐江は目を向けた。

「お前らのあいだじゃ、どんな噂になった？」

「番頭と娘婿が結託してクーデターを画策していたのじゃないか。それを察知した用宗家に消されたのじゃないか、と」

「なるほど」

　答えて、佐江は川村に目を戻した。

「どう思う？」

「ありえませんよ。モチムネの経営は順調だし、何より創業家である用宗家は地元の名家です。クーデターなんてうまくいきっこない。バレたら、放りだされて終わりだ。殺し屋を雇うまでもありません」

川村は首をふった。

「そんなのわからねえじゃないか。会長の婆あはいい年だ。死んだらどうなるか」

秦がいった。

「モチムネは上場しているのか?」

佐江は訊ねた。

「いいえ。株はすべて一族が握っています」

「マル害ももっていたのか」

「ええ。副社長の大西が十二パーセント、娘婿の新井が五パーセントもっていました。大西は昏睡中のため株はそのままで、新井のぶんは、モチムネの社長の妹にあたる妻が相続しました。ちなみにこの妹もモチムネ株を五パーセントもっていたので、十パーセントの株主になりました」

被害者がもっていたモチムネ株について調べたのだろう。川村はすらすらと答えた。

「ちなみに最大の株主は、会長の用宗佐多子で三十八パーセント、ついで社長の用宗源三が二十パーセントをもっています」

佐江は計算した。会長と社長の保有株をあわせれば五十八パーセントに達する。副社長や娘婿の株をあわせても十七パーセント、モチムネを乗っ取るのは不可能だ。

「殺された市長はもっていなかったのか？」

「もっていません。ちなみに噂がでたという東京支社長の用宗悟志がもたされている株は十パーセントです」

川村がいった。〝不始末〟を理由に脅し株をとりあげたとしても二十七パーセント、やはり乗っ取りはできない。

会長、社長、副社長、娘夫婦、そして東京支社長をあわせると九十パーセントになる。

「他の株主は？」

「社長夫人が十パーセントです」

佐江は納得した。秦を見る。

「どうやらクーデター説はないな。用宗家以外の人間は、逆立ちしても株の過半数を握れない」

「婆さんが死んだらわからねえだろ」

秦がいった。

「会長は死にそうなのか？」

佐江の問いに川村は首をふった。

「ぴんぴんしています。確か八十一か二だと思いますが、元気に暮らしている筈です」

「会社にでてきているのか」

「いえ。さすがにそれはないようですが、最大株主でもあり創業者の未亡人なので、誰も逆らえないと聞いたことがあります」

川村は答えた。秦を見ていう。

「もしモチムネを乗っ取る気なら、会長を殺したほうが早い」

「会長が死んだら株はどうなる？」

「さすがにそこまではわかりません」

「三十八パーセントの分配のされようによっちゃ、わからないのじゃないか」

秦がいった。川村が地元の刑事であると、どうやら気づいたようだ。

「いずれにしてもクーデターを起こすのなら、会長がいなくなってからだ。それともクーデターを誰かが画策しているという噂を聞いたことがあるのか？」

佐江は秦に訊ねた。秦は首をふった。

「他に何か、モチムネに関する話を知らないか」

「近いうちに中国からの視察団がくると聞いたぜ。百人だか二百人の」

すでに噂が流れているようだ。

「それ以外では？」

「別に聞いてねえ」

「もし何かまた聞いたら、知らせてくれ」

佐江はいって、川村に目配せした。二人は立ちあがり、秦をその場に残して、「ブラックシープ」をでた。

「新田というクスリの卸屋をご存じなんですか？」

「昔馴染みだ」

答えて、佐江は腕時計を見た。九時を三十分ほど過ぎている。

「東京まで、飛ばしてどのくらいかかる？」

川村の目が輝いた。

「この時間なら、九十分もあればいきます」

佐江は頷いた。

「東京に向かうぞ」

23

覆面パトカーが都内に入ったのは午後十一時過ぎだった。首都高速を降りて、川村は佐江と運転を交代した。佐江はカーナビゲーションを頼ることなく覆面パトカーを走らせた。行先が新宿ではないらしいことに川村は気づいた。

「新宿じゃないのですか」

「新田はリサイクルショップを表の商売にしている。足立区にある店は二十四時間営業だ」

「足立区……」

足立区について、川村は何も知らなかった。東京にいた時代も、足を踏み入れたことがない。どのあたりか知ろうと、カーナビゲーションを操作すると、東京の北端の区であると知った。埼玉県との県境にある。

都心部から離れているせいか、走行する車の数も少ない。走っている車の大半は大型トラックだ。道路沿いにたつ建物も明かりを落としていて、新宿に比べると街並みを暗く感じる。たまに明るい建物があるとコンビニエンスストアかラーメン店だ。新宿は光に満ち溢れ、若い頃は知らぬうちに夜が明けていたということがあった。このあたりなら、夜明けに気づかないということはなさそうだ。

東京にもそういう場所があるというのを知り、川村はほっとした。東京のすべてが盛り場なのではないと頭では理解していても、実際に足を運んでいたのは、気おくれするような華やかな街ばかりだったからだ。

やがて走っている道の先にこうこうと光を放つ建物が見えてきた。冷蔵庫や洗濯機といった白い家電製品が軒先に並べられ、タンスやテーブル、ソファなどの家具もある。

「あれだ」

横長で平屋の建物を示し、佐江がいった。

明るいのは、そこここにすえられた工事現場用のライトがいくつも点っているからで、近づくと、それらのライトも値札のついた売りものであると、川村は知った。

佐江が車を止めた。軽トラックとワゴン車が建物に頭をつっこむように止められている。轟音（ごうおん）をたて、かたわらを大型トラックが走りすぎた。

「リサイクルショップ」という大きな看板はあるが、屋号がないことに川村は気づいた。

「店の名がリサイクルショップなんですか」

「そうだ」

車を止めたものの、降りようとはせずに佐江は答えた。

明るいには明るいが、あたりに人気(ひとけ)はない。

「人の気配がありませんね」

「そのうちでてくる」

佐江はいって、建物の柱を指さした。防犯カメラがとりつけられている。

「どこもかしこもカメラだ。極道やクスリ屋がカメラで警戒しているんだ。笑い話にもならない」

佐江が吐きだした。その言葉が終わらないうちに店の奥からTシャツを着た、坊主頭の若者が現れた。ショートパンツにサンダルばきの大男で、腰に手をあて覆面パトカーをにらみつける。二十(はたち)そこそこに見えた。

佐江が運転席の窓をおろした。

「新田はいるか」

「新田は俺だけど、何だい、あんた」

佐江は右手にもったバッジを窓からつきだした。

「親父を呼んでくれ。新宿の佐江といえばわかる」

店の奥から不意に大きな茶色い塊が飛びだしてきて、佐江が車を降りなかったわけを川村は知った。大型のピットブルが若者によりそい、こちらをにらんでいる。吠えつくのではなく、牙をむきだし、低く唸っている。

若者は馬鹿にしたように鼻を鳴らし、店の中にとって返した。ピットブルはその場から動かない。

「あんなのを放し飼いにしてるなんて」

川村はいった。ピットブルが子供に大怪我をさせた事件がH市で起きたことがある。

「そんなことは百も承知さ。新田はいつもあの犬を車に乗せているんだ」

リサイクルショップからアロハシャツにショートパンツという男がでてきた。首にタオルを巻き、白くなった長髪を束ねている。背は高いが、息子ほど筋肉はついていない。

その男がピットブルの首輪をつかむのを見て、佐江が覆面パトカーを降りた。川村もそれにならう。

「久しぶりじゃねえか。まだ生きてたのか」

長髪の男がいった。年齢は六十近いだろう。

「生憎な。お前も元気そうだ。その犬は、いつだか俺に嚙みついた奴か」

「それの倅さ」

「なるほど。互いに年をとるわけだ」

佐江は答えた。長髪の男が川村を見た。

「こいつはお前の倅か？」

「そんなわけないだろう。Ｈ県警の捜査一課の刑事さんだよ」

「Ｈ県警？」

長髪の男は首を傾げた。

「何だって、そんな田舎者がいるんだ？」

「お前がＨ県にブツを卸してるってのを、この刑事さんがつきとめた。だが一課はそんな小物を相手にしないんで、俺が駆りだされたのさ」

川村は黙っていた。佐江に任せるしかない。

「小物で悪かったな」

気を悪くしたようすもなく、長髪の男はいった。

「訊きたいことがある。それさえ教えてくれれば、暴れもせずに引きあげる」

「令状はあんのか」

長髪の男が訊ねた。

「ない。ただ話を訊きにきたのだからな」

「だったら帰れや。デコスケとこんな夜中に話をする趣味はねえ」

「駄目か」

「駄目に決まってるだろう。帰れ」

「そうかい」

淡々といって、佐江は腰から拳銃を引き抜いた。長髪の男は固まった。

「何だよ」

佐江は銃口をピットブルに向けた。

「訊きこみにきた俺に、お前がこの犬をけしかけた。前にもお前の飼い犬に襲われたことがある俺は、生命の危険を感じ発砲した」

長髪の男は目をみひらいた。ピットブルの首輪にかけた手を離すのではないかと、川村は不安になった。

「ふざけるな」

「ふざけちゃいない」

「そんな横暴が通ると思ってんのか。全部カメラに写ってるんだぞ」

「おっと、それを忘れてた」

いって佐江は拳銃を防犯カメラに向け、撃った。乾いた銃声とともに、カメラが砕けた。

ピットブルがぴくりとした。

「親父！」

店の奥から若者が走りでてきた。ようすを見て、立ちすくむ。

「威嚇射撃をしたところ、偶然カメラに当たっちまったってわけだ」

佐江は平然といった。

「どうする？　話をするのか、しないのか」

「何て真似しやがる」

「新田、お前も年をとったな。俺はいつもこういうやりかたなんだ。忘れたのか」

佐江はいって、拳銃の狙いを犬につけた。

「この距離なら、お前が手を離しても二発はぶちこめる」

「わかったよ！」

新田は大声をだした。若者にいう。

「ジョニーを奥に連れていって、つないでおけ」

「親父！」

「いいから、いうことを聞け」

若者は佐江と川村をにらみつけ、言葉にしたがった。唸り声をたてるピットブルの首輪をつかみ、店の中へと連れていく。

「車に乗れ」

佐江は覆面パトカーを示した。新田が覆面パトカーの後部席に乗るのを見届け、拳銃をしまう。川村は思わず息を吐いた。

「何をするのかと焦ったろう」

佐江がいった。川村は無言で頷いた。

「こいつは売人にクスリを売りつけた金で、あの獰猛な犬を買い、クスリの用心棒をさせているんだ。本当なら撃ちたいのはこいつだ。犬に罪はない」

佐江はいって、覆面パトカーの運転席に体をすべりこませた。

川村も助手席にすわった。新田は憎々しげに佐江をにらんでいる。

「協力してくれる以上、互いに時間を節約しようや。十一、二年前だから、ちょいと古い話だ。東砂会系の組が、用宗悟志って学生が起こした不始末の尻ぬぐいをした。覚えているか？」

「はあ？　何だ、それは」

新田が訊き返した。本当に覚えていないようだ。

「思いだせないか？　用宗悟志は、H県に本社があるモチムネって企業の御曹司だ。お前は、その不始末の尻ぬぐいをした東砂会系の組員からその話を聞いた筈だ」

「何の不始末だよ」

「それをお前に訊いているんだ」

「覚えてないな」

「思いだせ」

「覚えてねえっつってんだろうがよ」

新田は怒鳴った。佐江は首をふった。

「じゃあ最初からやり直すか。川村はここにいて見張っていろ。俺はこいつの倅と話してくる」

運転席のドアを開けた。

「待てや！　息子は関係ねえだろう」

「だったらジョニーとでも話すさ」

銃を留めた腰を叩いて、佐江は答えた。

「わかったよ。砂神組の久本だ。そいつから聞いたんだ」

「砂神組の久本？」

「当時、俺が品物を卸していた組員だ。久本が俺に話した。奴からクスリを買っていた学生が女を死なせちまったというんだ」

「死なせた原因は？」

「オーバードース（過剰摂取）だと思う」

川村は思わず佐江を見た。重参の阿部佳奈は、妹を薬物で亡くしている。

「その女ってのは何をしていたんだ？」

「学生だが、渋谷のキャバクラでアルバイトをしていたらしい。それが店で倒れて死に、泡を食った学生は久本に泣きついた。自分がつかまると思ったのだろう。久本は女のアパートに細工をして、学生に捜査が向かわないようにした」

「どうやってだ？」

「クスリ漬けの商売女に見せかけたんだ。避妊具とバツを大量に部屋においておいた。女の部屋の鍵は、その学生がもっていた」

「それを警察は信じたのか」

「ヤク中の女なんていくらでもいる。しかもそいつが倒れたとき、店に学生はいなかったから、学生は疑われずにすんだ」

「女の名前は？」

「知らない。だが、女にクスリを勧めたのは、その学生だ。女の部屋で、二人でさんざっぱらキメたあと、学生は帰り、女はバイトにいった。ところがバイト先のキャバクラで具合が悪くなった。クスリが残っていたところに酒を飲んで、心臓にきちまったらしい」

ひどい話だ。それが真実なら、女の死の責任は用宗悟志にある、と川村は思った。

「尻ぬぐいの金は誰が払った？」

「そこまでは知らねえ。たぶん親だろう」

「まあいい。久本から聞く」

佐江がいうと、新田は首をふった。

「無理だ。二年前に、久本はくたばった。しゃぶ食ってバイクで暴走し、東名で自爆したんだ」

佐江は新田を見つめた。

「久本以外でその件について知っている奴はいるか？」

「バツと避妊具をおかせた若い者がいるが、細かい話は何も聞いちゃいなかったようだ。話したら、手間賃がかかるからだろう。久本本人は、ずっと銭をひいていた」

「ずっと？」

「モチムネってのは、結構な会社なんだろう」

新田が川村を見た。川村が答える前に、佐江がいった。

「その久本からお前は割り前をハネていた。ちがうか？」

「なぜそうなる？」

「モチムネが地元じゃ有名な企業で、その御曹司の不始末を尻ぬぐいした久本は、お前の客だ。久本が御曹司にさばいていたバツは、お前が卸していたものだ。それで女は死んだ」

新田は横を向いた。

「かもしれないが、久本は死んじまったからよ」

佐江はあきれたように新田を見ていたが、訊ねた。

「久本が死んだあと、なぜモチムネにいかなかった？　用宗悟志から銭をひけると思わなかったのか。それとも今ももらっているのか」

新田は黙った。まだ隠していることがあるのだと川村は気づいた。

暴力団に借りを作ったら、それが消えることは、一生ない。ことあるごとに貸しをもちだされ、金やそれ以外の便宜を求められる。

久本というやくざは、用宗悟志からずっと金をひっぱっていた。久本が事故死したあと、それを新田が受け継ごうとしても不思議はない。

「それが、死ぬちょっと前から、久本はモチムネの御曹司とは縁を切ったようなことをいいだしたんだ。俺がその話をすると、嫌な顔をしやがって、『もう、あいつの話はするな。いろいろヤバいんだ』と」

「『いろいろヤバい』？」

「ああ。何がヤバいんだと訊いても、教えてくれなかった」

「探らなかったのか？」

「探れる感じじゃなかった。恐がってるみたいで」

「恐がる？　モチムネの御曹司を、か」

「そうじゃねえ」

新田は押し黙った。

「何を隠してる？」

佐江は新田をにらんだ。

「ここまで話したのだから、もう勘弁しろや」

新田は弱々しい声をだした。

「ふざけるな。お前がヤバいと思う、その話をこっちは聞きにきているんだよ」

新田は息を吐いた。

「久本がびびっていたのは誰なんだ？」

「組うちの誰かだよ」

「組うちの誰か？　砂神組の人間てことか」

「ああ。どうしてかは知らないが、モチムネの一件が組うちに伝わり、奴よりずっと上の人間がモチムネとつながったのじゃないか、と俺は思ってる。モチムネには触るな、と上にいわれ、挙句に――」

「挙句に？」

「事故って死んだ。確かにしゃぶに目のない野郎ではあったが、バイクで自爆ってのはどうもな……」

「口を塞がれたってのか」

新田は答えなかった。

「塞がれたとすると、やったのは組うちの人間だな」

佐江は新田の答えを待たずにいった。

「しゃぶの売をやっていて、自分もしゃぶ中じゃ、組うちでも信用は低い。モチムネの一件を黙らせようと考えた人間が、事故を演出したと思っているんだろう」

新田は小さく頷いた。

「パーキングやサービスエリアのトイレでしゃぶをキメて高速をバイクで飛ばすのは、久本の趣味だった。月までぶっ飛ぶような純度のパケとすり替えられたら、いくら奴でもお陀仏だ」

パケとは小分けした覚醒剤で、純度というのはその成分量だ。一グラムのパケに含まれる覚醒剤成分は〇・一グラム程度だと川村は聞いたことがあった。残りは増量剤だ。もし一グラムのパケに一グラムの覚醒剤成分が入ったものを、それと知らず摂取すれば、急性中毒を起こす。いくら慣れている久本でも事故を起こした可能性は高い。

「なぜ久本を消す？」

佐江が訊ねた。

「それはわからねえ。わからねえが、御曹司の一件とかかわっているのは確かだ。確かに俺は久本から割り前をもらうこともあったが、これ以上はモチムネに首をつっこまないほうがいいと思ったんだ」

新田は答えた。佐江は川村に目を向けた。

「ここまでの話、わかったか？」

川村は頷いた。

「モチムネの御曹司である用宗悟志は学生時代、女性にエクスタシーを大量に摂取させ、それが原因で死に至らしめた。そのことが発覚するのを恐れ、売人としてつきあいのあった砂神組の久本に処理を依頼した。久本は女性の部屋にエクスタシーや避妊具をおき、薬物好きの売春婦であったかのように偽装した。その結果、用宗悟志が警察に取調べられることはなかったが、長年にわたり金を脅しとられる理由となっていた。にもかかわらず何年かあと、組の上層部から圧力を受け、関係を断った。なぜなのかは不明だが『ヤバい』という表現を久本はしていた。そしてその後、覚醒剤を摂取して東名高速をバイクで走行中に事故を起こし、死んだ」

新田が目を丸くした。

「すげえな、兄ちゃん」

「質問していいですか？」

川村は佐江をうかがった。佐江は頷いた。

「久本が、急にモチムネと関係を断ったのは、死ぬ少し前といいましたが、具体的には今からどれくらい前ですか。三年、あるいはそれ以上前とか」

「うーん、三年くらいかな」

「H県の本郷市の料亭で殺人事件が起きたことをご存じですか」

「市長とかが撃たれた奴だろ」

「そうです。その前か後か、覚えていませんか」

「ああ、覚えてる、覚えてる。その事件があってからだ。ヤバいって、久本がいいだしたのは」

「事件について久本は何か話していませんでしたか」

「いや……ヤバいといっただけのような気もするが……」

新田は考えこんだ。川村は佐江と顔を見合わせた。

「誰かを紹介したという話は聞いていないか」

佐江が訊ねた。

「誰かって、組の人間をモチムネに、ってことか？」

「そうだ」

「聞いたかもしれないが覚えてないな。女の死後、御曹司はきつく灸をすえられたらしくて、久本には会わなかったようなことをいってたが……」

「じゃあ誰が金を払ったんです？」

川村は訊ねた。

「婆さんだよ。御曹司の祖母にあたる婆さんが金を払っていたんだ。もちろん本人じゃなくて、秘書だか運転手みたいのが、毎月金を届けにきていた。銀行振込ってわけにはいかないからな」

「その秘書だか運転手の名前は？」

「そこまでは聞いてない。ていうか、それを話したら、俺が直接、金をひきにいくと久本は思ってた。実際、そうしたろうしな。やってみて駄目でも、俺には失くすものはない。警察につきだされる心配もない」

　新田はうそぶいた。

「死んだ久本のシノギを継いだ、砂神組の組員は誰だ？」

　佐江が訊ねると新田は顔をしかめた。

「そいつは勘弁してくれ。俺がヤバくなるし、本人に少し探ってみたがモチムネのことは何も知らなかった」

「本当か？」

「本当だ。久本が死んでからは、御曹司のことをいう奴は誰もいなくなった」

　新田は何度も頷いた。

「用宗悟志への恐喝が理由で、久本が組から制裁をうけたという可能性はありませんか？」

　川村は訊いた。

「それはねえよ。恐喝だろうが何だろうが、組員が稼げば、組は潤う。強請りぐらいで口を塞いでいたら、極道をかたっぱしから殺さなけりゃならなくなる。たとえモチムネの婆あが砂神組の組長に銭を積んだって、久本を殺す理由にはならない。久本が殺されたのは別の理由だ。もしかしたら、あんたがいった、料亭での事件に関係していたのかもしれないが、俺は知らないし知りたくもない」

　新田は首をふった。佐江が川村に訊ねた。

「他に訊きたいことはあるか」

「今は思いつきません」

　川村は答えた。佐江は新田に目を向け、いった。

「こういう野郎は、うたうときにうたわせないと、次はないぞ」

　今しかない、と佐江はいっているのだ。川村は考えこんだ。

「久本が恐れていた、組うちの人間は誰ですか？　具体的に名前をあげて」

　新田は首をふった。だがその目の中に動揺がある。

「知ってるな」

　佐江がいった。

「知らねえよ」

「つまんないごまかしをするんじゃない。じゃあ俺からそいつの名前をいってやる。当たってたら黙って頷け」

「嫌だね」

「うるさい！」

佐江は新田の目をのぞきこんだ。

「米田」

新田は顔をそむけた。

「誰だって？　知らないな」

「なるほど。米田か」

「『中国人』という渾名の人物のことを聞いたことがありますか？」

川村はいった。新田の表情に変化はない。

「中国人なんていくらでもいる。何だ、それは」

「米田が仲よくしている『中国人』てのを知らないか？」

佐江が訊いた。

「だから米田さんなんて知らねえ」

いった瞬間に、新田の顔がこわばった。

「知らないのにさん付けか」

佐江はにやりと笑った。

「なあ、もう十分だろ。勘弁してくれ」

新田は顔をくしゃくしゃにした。佐江は川村を見た。

「どうだ？」

川村は頷いた。佐江がいった。

「お前がうたったことは、砂神組には内緒にしておく。だからこれからも仲よくしようぜ」

「脅してるのかよ」

「ありのままさ。ご協力を感謝します」

佐江はいって車を降り、新田のすわる後部席の扉を外から開いた。

「息子とジョニーのところに帰っていいぞ」

新田は覆面パトカーを降りた。あたりを気にしながら、店に戻っていく。

「まさかという話でしたね」

それを見送り、川村はいった。

「重参の妹が、用宗悟志のせいで死んでいたなんて。でも、そうだとすると、ほしが誰なのか、むしろわからなくなります」

阿部佳奈には、用宗悟志への恨みがある。だが冬湖楼で殺されたのは用宗悟志ではない。

阿部佳奈が「冬湖楼事件」の犯人なら、まず用宗悟志を狙った筈だ。

「事件のあった日、冬湖楼に用宗悟志がくる予定はなかったのか？」

同じことを考えたのか、佐江が訊ねた。

「いえ。用宗悟志はずっと東京です。本郷に戻るのは、会議にでるときくらいだと聞きました」

川村は答えた。事件当日のモチムネ関係者のアリバイを、捜査本部は徹底して調べていた。

「だとすると阿部佳奈はほしじゃないな」

佐江はつぶやいた。

「自分もそう思います。重参がモチムネに恨みを抱いても当然ですが、市長や自分の雇い主を殺す理由はありません。でもその場にいたのが偶然だったとも思えません」

「とりあえず本郷に戻ろう」

佐江がいったので、川村は時計を見た。もうすぐ午前一時になる。

「運転は大丈夫か？」

「もちろんです！」

つきとめた事実に、頭の芯が熱をもっているような気がした。眠れといわれても無理だ。

川村は覆面パトカーのハンドルを握った。

「その久本という組員の事故について、高速道路交通警察隊に明日、問い合わせてみます」

「そうしてくれ」

佐江は答え、黙った。眠っているのかと横を見ると、みひらいた目をじっとフロントグラスの先に向けている。佐江もけんめいに考えているのだとわかり、川村はほっとした。

車が高速に入ると、佐江がぽつりといった。

「思っていた以上に、こいつは深い」

「思っていた以上に？」

川村は訊き返した。

「ああ。冬湖楼で仕事をしたのが砂神組の殺し屋だとして、砂神組とモチムネをつなぐ線を見つければ、この事件(ヤマ)は解けると俺は考えていた。だが、見つかった線がつないでいたのは、重参と現場にはいなかった人間だ」

「用宗悟志に話を訊いてはどうでしょう」

「相手は極道じゃない。とぼけられても脅すわけにはいかないし、証人の久本は生きてない。アプローチのしかたをまちがえれば、それきりだ」

「でも女性を死なせているんです」

「用宗悟志は、モチムネの将来の社長だぞ」

川村ははっとした。その通りだ。阿部佳奈の妹を死なせたときは無軌道な学生だったかもしれないが、今はモチムネの東京支社長であり、いずれモチムネの総帥になるのはまちがいない。つまりH県警に大きな影響力をもっている。

そんな人物を、クスリの卸屋から聞いたという話だけでつついたら、本当に首が飛ぶかもしれない。

「今日の話ですが、課長にあげるべきでしょうか」

川村はつぶやいた。

「俺もそれを考えていた」

「課長に話せば刑事部長にも伝わります」

「とりあえず今は伏せておけ。話すときは、俺がひとりでつきとめたことにする」

佐江がいった。自分をかばうためだと川村は気づいた。報告を怠ったと、川村が責められるのを防ごうというのだ。

「ありがとうございます」

「そのかわり、お前は俺と距離をおけ」

「えっ？」

「朝から晩までべったりくっついていて、俺がつきとめたのを知りませんでしたじゃ、通らない」

「でも、どうすれば――」

「俺がうっとうしがっているといえばいいんだ。いつもくっついてくるお前を嫌っている、とな。そうすれば、お前の知らないことを俺が知っていても問題にはならない」

「佐江さんの信用が失われます」

ふんと佐江は笑った。

「心配するな。最初から俺には信用なんてない。H県警は俺を放りだしたくてしかたがないが、重参が出頭するまでは、と我慢しているんだ」

「そんな」

「いいか。お前の警察官人生はこれからもつづくんだ。俺みたいなはみだし者と心中するんじゃない」

「佐江さんは――」

いいかけ、川村は言葉に詰まった。

「はみだし者なんかじゃない、と自分は思います。むしろ、すごくまっとうな警察官です」

「やめとけ、やめとけ」

からかうように佐江がいった。

「俺がまっとうだったら、警察がまっとうじゃねえって話になっちまう。そんな不毛な議論、お前みたいな若い奴とする気はないからな」

24

ホテルで川村と別れたのは午前三時過ぎだった。シャワーを浴び、ベッドに寝転がった佐江は天井を見つめた。眠れそうもない。

新田から聞きだした話は、事件と砂神組の関係を知る、大きな手がかりにはなった。だが、より複雑化したともいえる。

用宗悟志が薬物で死なせた女というのは、阿部佳奈の妹でまちがいないだろう。その跡始末をした久本が事故で死んでいる、というのが、むしろ問題だ。

久本が死んだことにより、用宗悟志の関与を証明できる人間がいなくなったのだ。

だがそれが理由で久本が殺されたとは、佐江も思わなかった。口封じのためだとすれば、時間がたちすぎている。

阿部佳奈の妹が死んだのは、十一、二年前だと新田はいった。口封じなら、久本はその直後に殺されていなければならない。

久本が殺されたのだとしても、理由は他にある。

阿部佳奈の妹の死と久本の事故のあいだには時間が空いている。だが「冬湖楼事件」と久本の事故は近い。久本が殺されたのだとすると、むしろ「冬湖楼事件」が理由だったのではないか。

久本は「冬湖楼事件」の犯人について何かを知る立場にあった。本人がそれに気づいていたかどうかは不明だが、危険視され殺された可能性はある。

携帯が鳴った。時計は午前五時を示している。

「はい」

「連絡が遅くなった上に、こんな時間でごめんなさい！　野瀬です」

女の声が耳にとびこんできた。

「もしもし、聞こえてます？　それともねぼけてます？」

野瀬由紀は元気だった。声も鮮明だ。

「聞こえているし、ねぼけてもいねえよ」

佐江は答えた。

「よかった！　もしかして悪いタイミングでかけちゃいました？　張り込み中とか」

「いや。今はH県にいる。本郷って街だ」

疑ったわけではないが、野瀬由紀の反応が知りたくて、佐江はいった。

「H県の本郷。どうしてそんなところにいるんですか」

「知っているか？　モチムネって会社がある」

「モチムネ……。まるで知りません」

「そうか。じゃあ、阿部佳奈という女を知らないか」

「あべ、かな、ですか」

「そうだ。虎ノ門にあった『上田法律事務所』で働いていた。上田和成という弁護士の秘書をしていた」

「記憶にありません」

「そんな馬鹿な」

思わず佐江はいっていた。

「佐江さん。わたしのことを忘れてしまいました？　わたしが記憶にないといったら、本当に記憶がないんです」

野瀬由紀の声が尖った。野瀬由紀にとって、情報がすべてだ。人名やできごとを忘れることは決してない。

「いや、わかっている。だが、あんたしかありえないんだ」

「何がありえないのですか？」

『冬湖楼事件』という、未解決殺人事件がある。知っているか？」

「知りません」

「H県の本郷市で三年前に起きた。その重要参考人が阿部佳奈だ。阿部佳奈は、ほしかその共犯だと思われているが、事件後潜伏し、身柄を確保できずにいる」

「阿部佳奈の年齢はいくつです？」

「ええと、確か三十五の筈だ」

「確かにわたしと同世代ですが、阿部佳奈の名前に心当たりはありません」

「高校や大学の同級生はどうだ？」

「いません。なぜわたしの知り合いだと思うのです？」

「阿部佳奈は出頭の条件に、なぜか管轄ちがいの俺を指名してきた。しかも電話で初めて話したとき、俺だという確認に、毛の名をいえといった。覚えているか――」

「もちろんです」

野瀬由紀はぴしゃりといった。

「『五岳聖山事件』の捜査で、わたしたちを助けてくれた毛さんでしょう」

「そうだ。毛の名前なんて、知っている人間はわずかしかいない。警察関係者でなかったら、阿部佳奈に話せるのは、あんたしかいない」

野瀬由紀は沈黙した。

「もしもし、聞こえているか？」

「聞こえています。それで、その阿部佳奈は出頭したのですか？」

「まだだが、たぶんこの数日以内に出頭する」

「確かに、わたしとの関係を佐江さんが疑うのは納得できます」

「もしかすると、あんたとは潜伏中に別の名で知り合ったのかもしれない」

「そうですね。だとすると、この三年以内ということになります」

「そうだ。『冬湖楼』も『五岳聖山』も、三年前のヤマだ」

「時間を下さい。思いだしてみます」

「あんたはもう日本に戻っているのか？」

「まだ中国です。おそらくあと一週間は帰れません」

「携帯も、あいかわらず駄目なのか」

「駄目です。なので領事館から、こんな時間にかける他なくて」

佐江は息を吐いた。

「わかった。何か思いだしたら、いつでもいい。連絡をくれ」

「了解しました」

電話は切れた。佐江は耳から離した携帯を見つめた。

野瀬由紀と話せば、阿部佳奈の情報が必ず得られると思っていたのに、それがくつがえった。向かう道、向かう道を塞がれ、やっと見つけた抜け道は曲がりくねって目的地からむしろ遠ざかっているように思える。

佐江は携帯をおき、天井を見上げた。

もはや阿部佳奈の出頭を待つ以外、打つ手はなかった。

翌日、佐江は自ら運転してH県警察本部に向かった。朝がたにようやく眠れ、そのせいで昼近くになっていた。

きのうに比べ、県警本部の空気があわただしい。駐車場のパトカーの数も少なく、すべてに動いている気配がある。

ホテルをでるときにショートメールを送ったので、川村は県警本部の玄関で待機していた。

「おはようございます」

「こんな時間におはようもない。何だか騒がしいな」

「視察団です。今日の午後入ることになっているので」

川村がいったので思いだした。中国のビジネスマンを中心に百人規模の視察団がモチムネを訪れるのだ。視察団は二泊三日の予定で、本郷市やその周辺に滞在する。

「いつ頃、到着するんだ？」

佐江の問いに、川村は腕時計をのぞいた。

「チャーター機が今頃、羽田に着陸したくらいですから、三時から四時のあいだだと思います。モチムネ本社で今日の七時から歓迎パーティが開かれ、知事や県警本部長も出席する筈です」

「モチムネ本社で？」

「視察団だけで百人ですから、それだけ大勢が入れるバンケットルームのあるホテルが本郷にはないんです。モチムネ本社の最上階にある講堂を使うみたいで」

「なるほどな」

「課長はぴりぴりしています。視察団の到着にあわせて何かあるのじゃないかと。今朝、佐江さんを迎えにいかなかったのも叱られました」

県警本部の廊下を歩きながら、川村はいった。

「俺がくるなといったんだ。お前をうっとうしがって」

「たとえそうでも、離れるな、と」

川村は小声でいった。

捜査一課に到着した。険しい表情を浮かべた仲田が自席にすわっている。

「遅くなりました。寝坊してしまって」

佐江は頭を下げた。

「疲れがたまっているのでしょうな」

仲田がいった。

「いえ、明け方に電話がかかってきたんです」

一瞬で空気が張りつめた。

「重参ですか?!」

佐江は首をふった。

「高野部長にお話しした外務省の職員です。まだ中国にいるのですが、やっと領事館から連絡をくれました」

「それで、重参について何と?」

「まるで心当たりがないそうです」

「えっ」

「ええ、俺もそんな馬鹿な、といいました。叱られました」

「叱られた?」

「名前や場所、数字などを決して忘れない人間です。自分が記憶にないといったら、本当にないのだといって」

仲田は目をみひらき、佐江を見つめている。

「確かにそういう奴なんです。重参は偽名を使っていたのかもしれません。そうでなければ、必ず覚えています」

「潜伏中なら偽名を使って当然です」

川村がいった。

「君の意見は訊いていない」

いらだったように仲田がいい、川村はうなだれた。

「なので、別の人間で思いあたる者はいないか、考えてもらうことにしました。また連絡待ちです」

佐江はいった。仲田は首をふった。

「まあ重参が出頭すれば、直接本人に訊けばすむことです」

「佐江さん」

仲田が表情を改めた。

「今朝、川村の迎えを断られたそうですな」

「ええ。朝から晩までいっしょにいると息が詰まりまして」

「でしたら、別の人間にかえますか」

川村が目をみひらいた。

「いえ。川村くんが気に入らないというわけではないのです。誰かにぴったり張りつかれるというのが苦手なだけで」

仲田は首を傾げた。

「川村に何か粗相があったのではありませんか」

「それはまったくありません。むしろ気をつかいすぎです。他の人だったら、とっくに俺は喧嘩しています」

しかたなく佐江はいった。

「本当ですね」

「本当です」

佐江が力をこめていうと、

「わかりました」

仲田が頷き、川村はほっとした表情を浮かべた。

「周辺監視はどうなっていますか」

話題をかえようと、佐江は訊ねた。

「ＪＲの駅、高速道路のインターチェンジ等にはすべて配備がすんでいます。視察団の到着に伴い、多少の混乱はあるかもしれませんが、重参の身柄確保に全力を傾注しています」

「ご苦労さまです」

「そういえば昨夜、サガラ興業の人間に会われたそうですが、何か収穫はありましたか」

仲田がいった。

「連中も視察団が本郷入りすることを知っていました。噂は広まっているようです」

佐江は答えた。

「佐江さんを呼びだしたのは、そんな話をするためだったのですか？」

「連中のクスリの仕入れ先に関する話です。ベテランの卸屋で、俺も知る人間でした」

「何者です？」

「新田という男です。砂神組の売人ともつながりがあり、そいつについて調べるよう、川村くんに頼みました」

「朝一番で、高速隊に問い合わせておきました。じき返事が届くと思います」

川村がいった。仲田は驚いたように川村を見た。

「高速隊？」

「ええ。佐江さんのお話では、その売人は交通事故で死亡しているというのです」

ぼろがでてはまずい。佐江は話を引きとった。

「久本という名の売人で、しゃぶを決めてバイクを走らせる癖があり、東名高速で自爆したんです」

「佐江さんもその売人をご存じだったのですか？」

「名前だけは」

つじつまを合わせるために佐江は頷いた。

「その久本は本郷でもクスリを売っていたのですか」

「いえ。久本の縄張りは東京です。売人には売人の縄張りがあるので、久本が本郷で売っていたとは考えられません。ただ砂神組の組員なので、その点では新田を通じて本郷市とつながりがあったともいえます」

佐江の説明に仲田は首を傾げた。

「同じ卸屋からクスリを仕入れていたというだけですよね」

「砂神組と本郷を結ぶものは、すべて洗おうと思っていますので」

「砂神組が事件に関与しているという、確かな証拠はまだ見つかっていない。私はそう理解していますが？」

「課長は、俺が強引に砂神組を事件関係者に数えているとお考えですか？」

「いや、そうではありません。そうではありませんが、殺し屋の話といい、伝聞しかない状況ですので」

佐江の〝反撃〟に一課内の空気は緊張した。すべての人間が佐江と仲田のやりとりに注目している。

「伝聞であれ何であれ、三年が経過して、被疑者すら特定できないのです。あらゆる可能性を潰す他ないのではありませんか」

仲田の顔がさらに険しくなった。

「我々の捜査方法がまちがっていたといわれるのですか」

佐江は首をふった。

「捜査方法に、正しいとか正しくないとかはない、と俺は思っています。どんな捜査方法であれ、ほしを挙げられるかどうかがすべてで、挙げられなければ、それは警察の負けなんです。ちがいますか？」

佐江はいった。仲田とにらみあう。やがて仲田が大きく息を吐いた。

「異論がないわけではない。だが『冬湖楼事件』の犯人を検挙できない私が何をいおうと、説得力はありません」

「H県警が努力されていることは、もちろん承知しています。しかしこのヤマは、それ以上に底が深い、と俺は思っています」

「底が深い？」

「思わぬ人物が思わぬ形でかかわっているような気がします。それについては、重参が出頭したあかつきに確かめます」

佐江が告げると、仲田の目が鋭さを帯びた。

「阿部佳奈の取調べをおこないたい、といわれるのですな」

「許可いただけるなら」

「それは私の一存では決められません。刑事部長の判断を仰ぐことになる」

川村の顔がこわばった。何かいいたそうなのを、佐江は目で黙らせた。

「ところで今夜の歓迎パーティに、刑事部長も出席されるのですか？」

佐江は訊ねた。仲田の表情が硬くなった。

「刑事部長、警備部長、ともに出席されます」

警備部長は、警視庁でいうなら公安部長だ。公安部というセクションは警視庁以外の地方警察本部には存在しない。公安捜査を担当するのは、各県警の警備部門になる。

「両部長が出席されるのですね。それはモチムネからの招待で？　それとも任務ですか」

「両方です」

仲田は答えた。再び佐江をにらみつけている。

「了解です」

川村に目を向けた。

「高速隊からの返事はまだか？」

「電話で問い合わせてみます」

佐江は仲田に目を戻した。

「この久本という売人は、殺された可能性が高いと俺は見ています」

「それが『冬湖楼事件』と関係しているというのですか」

「あるいは」

佐江は頷いた。仲田は目をそらし、いった。

「証拠が必要です。証拠をそろえて下さい」

別の会議に出席するために仲田が離席すると、ようやく空気がほぐれた。だが佐江に向けられる目は決してあたたかくない。

当然だと佐江は思った。縄張りも専門もちがう人間が、偉そうに能書きをたれているのだ。反対の立場だったら、自分もムカつくだろう。自分をこの立場においた阿部佳奈がいまいましい。身柄を確保したら、絞りあげてやりたかった。が、それは難しいかもしれない。佐江が事件とモチムネを強引につなげようとしていると、刑事部長の高野は疑っていて、真実がどうであれ、高野の判断に佐江はしたがわざるをえない。

「佐江さん」

固定電話の送話口を手でおさえ、川村が呼びかけた。

「高速隊の担当者、つかまえました」

佐江は受話器を受けとった。

「もしもし、お電話かわりました。私、警視庁新宿警察署、組対課の佐江と申します」

「静岡県警高速道路交通警察隊の五十嵐(いがらし)と申します。お問い合わせの二輪車輛事故を担当しました」

「お忙しいところを申しわけありません。少しお話をうかがいたいのですが、よろしいでしょうか」

「五分程度であれば」

「ありがとうございます。事故車輛の運転者は、東京在住の久本という暴力団員でまちがいありませんか」

「ええ。久本継生(つぐお)四十一歳。全身に刺青(スミ)が入っておって、マルBだとすぐに判断できました。

二輪車輛はハーレーダビッドソン。頑丈なバイクですが、よほどの高速で衝突したらしく、バラバラになっておりました。衝突したのは渋滞で停止しておったコンテナ運搬車です。検証によれば、衝突時のスピードは時速百六十キロ。ひとたまりもありません。即死でした。解剖の結果、アルコールの摂取は認められませんでしたが、血中から高濃度のメタンフェタミンが検出されました。所持していたバッグにも覚醒剤の水溶液と注射器が入っておったのですが、事故時に発生した火災で燃えてしまいました」

「水溶液はどのような状態でバッグに入っていたのですか」

「調味料などを入れる、ビニール製の容器です。いわゆる『金魚』ですな」

五十嵐は答えた。「金魚」は覚醒剤の水溶液の通称でもある。

「それが燃えてしまったのですね」

「ええ。相当量のしゃぶを所持しておったと思われますが、『金魚』は溶けてしまい、注射器も原形をとどめておりませんでした」

「金魚」の中に高濃度の覚醒剤溶液が詰められていたとしても、証明はできない。

メタンフェタミンは、しゃぶの主成分となる薬品だ。

「事故後、久本が所属していた組の人間とお会いになりましたか？　遺体の引きとり等で」

「ひとり、分駐所まで挨拶にきた者がおります。『迷惑をかけた』と」

ます」

「名前までは。大柄で角刈りにしておりました。喋り方に貫目があったので、幹部だと思い

「何という者です？」

「わかりました。お忙しい中、ご協力ありがとうございます」

米田だ。事故に疑いをもたれていないか、探りにきたのだろう。

「いえ、お役に立てばよいのですが」

佐江は受話器を川村に返した。

「どうでした？」

「久本のバイクは百六十キロで、渋滞中のコンテナ運搬車に追突した。即死だったらしい。衝突時に発生した火災で所持品は焼失し、『金魚』も溶けてしまった」

「『金魚』か」

「『金魚』の中身が高濃度の水溶液にすりかえられていた可能性はあるが、証明はできない。事故後、挨拶にきた組員がいて、名前は不明だが、人台から推定して、米田だろう」

「やはりあの男が関係しているんですね。米田を叩けませんか？」

「奴はそこらのチンピラじゃないし、自分がうたったら何が起こるのかもわかっている。よほどのネタがない限り、口を開かないだろう」

佐江は首をふった。

「歓迎パーティは七時からだったな」

「そうです。佐江さんもいかれますか？　モチムネの幹部は全員、そろいます」

興味を惹かれた。

「会長から東京支社長まで？」

川村は頷いた。

「俺がいっても大丈夫なのか」

「警備関係者ということで入れば、大丈夫だと思います。ネクタイは締めていないとマズいかもしれませんが」

「ネクタイくらいはもってきたさ」

佐江は答えた。歓迎パーティにどんな顔ぶれがそろうか興味があった。

「なら、大丈夫だと思います。いざとなれば河本もいますし」

モチムネの社長室にいるという同級生の名をあげ、川村が頷いた。

「それまでに重参からの連絡がなかったら、パーティをのぞかせてもらおう」

佐江はいった。

25

覆面パトカーをホテルの駐車場におき、川村と佐江は徒歩でモチムネ本社に向かった。

歓迎パーティに出席する人間を乗せた乗用車やマイクロバスで、本社周辺には小さな渋滞がおきている。それをさばくために本郷中央署の交通係がでていた。

視察団がH県入りしたという連絡は県警本部にも届いていた。それぞれの宿泊施設に荷物をおき、モチムネ本社に向かうようだ。

本社ビル玄関の車寄せに次々と黒塗りの車が止まり、人々が降りたっている。

マイクロバスは地下駐車場へと向かい、そこで乗客を降ろすらしい。「MOCHIMUNE」と染め抜かれた制服を着た係員が車や人を誘導し、制服警察官の姿もそこここにある。

二人は本社ビルに入る行列に並んだ。玄関をくぐると特設の受付があり、招待状の提示を求められた。

「県警本部の者です」

川村は身分証を見せた。受付係は頷き、青い色のピンバッジをさしだした。

「これを襟もとにおつけ下さい」

ピンバッジは、青、赤、白、金とある。

「色のうちわけは何ですか？」

「青が警備関係者、赤が当社の社員、白が日本のご招待者、金が視察団の皆さまです」

受付係は答えた。

「ひと目で相手の素性がわかるというわけか」

佐江がいってピンバッジを襟に留め、川村もそれにならった。

「エレベータで二十八階までおあがり下さい。そちらにも受付がございます。そこから階段でもう一階登っていただきますと、パーティ会場です」

「ありがとうございます」

川村は答えた。エレベータは全部で六機あるが、すべてにスーツ姿の行列ができている。

「いったい何人がくるんでしょう。二百人くらいかと思っていましたけど、これじゃあモチムネの全社員がきているようにも見えます」

川村がいうと、佐江は首をふった。

「全社員はいないだろうが、千人近くはいそうだな」

「千人」

「モチムネの社員も多いだろうが、日本の取引先も呼んでいるようだ」

スーツ姿の集団のあちこちで、「や、これはどうも」とか、「ごぶさたして」というやりとりが交わされている。中にはエレベータを待つあいだに名刺交換を始める者すらいた。

「視察団はまだきていないようですね」

川村は周囲を見回した。佐江の言葉通り、エレベータを待つ者はすべて日本人のようだ。

「バスで移動しているのなら、地下からくるのじゃないか」

乗りこんだエレベータは途中で停止することなく二十八階まであがった。エレベータを降りると、左右がガラス窓の通路がのびていた。そこからの景色に川村は息を呑んだ。

本郷市を囲む山の新緑が夕日に染まっていた。残照と夜の帳がせめぎあう一瞬の夕景がパノラマのように広がっている。左手の山の頂上に逆光に浮かぶ冬湖楼の影があった。

「佐江さん、冬湖楼です」

小声で告げると、佐江は目を向けた。

「ここから見ても立派な建物だな」

「ええ。でも見たくないと思っている人間も、このビルにはいるでしょうね」

川村はいった。通路の正面にはロープを張ったゲートがあり、そこで襟もとのピンバッジを確かめている。受付の人間はすべて「ＭＯＣＨＩＭＵＮＥ」の制服姿だ。

ようだ。

ゲートをくぐると広い階段があり、二人は人々とともに登った。パーティ会場は最上階の

ガラス張りの壁から、本郷市街とそれを囲む山々を見渡せた。市街はじょじょに光のまたたく夜景へと転じ、山々は黒々とした闇に沈んで、かすかに稜線を残すのみだ。

会場の左右にはテーブルがつなげられ、料理や飲物とそれを給仕するボーイが並んでいる。正面にはステージがあり、「ＭＯＣＨＩＭＵＮＥ」のロゴを染め抜いた緞帳（どんちょう）がおりていた。

やがてその緞帳がするするとあがり、マイクをもった男が進みでた。河本だった。

「皆さま、拍手で視察団をお迎え下さい」

場内から拍手が湧き起こった。会場の入口に「ＭＯＣＨＩＭＵＮＥ」の制服に先導された集団が現れた。自らも拍手をしながらステージに向かっていく。大半の人間がスーツにネクタイ姿だが、中にはジャンパーのようなラフないでたちの者もいる。女性の姿もあった。

視察団はステージの手前で立ち止まり、整列した。

「ようこそ日本へ。ようこそモチムネへお越し下さいました。皆さまを歓迎して、株式会社モチムネ代表取締役社長の用宗源三よりご挨拶がございます。通訳はモチムネ大連（だいれん）支社のヤン・シャオフォンです」

モチムネ社長の用宗源三は、六十くらいで口ヒゲをはやし、精力的な雰囲気を漂わせた男

だ。黒々とした髪をオールバックになでつけ、張りのある声で挨拶を始めた。かたわらにハンドマイクをもった通訳が立つ。

簡潔だが誠意のこもった挨拶に、会場全体から拍手が送られた。

「つづきまして、Ｈ県知事の江川了一様よりお言葉をたまわります」

県知事がステージにあがった。視察団を歓迎するとともに、Ｈ県にとってモチムネがいかに重要な企業であるかを述べる。

川村はステージの下に集まる視察団を注視した。怪しい者がまぎれこんでいる可能性はあるだろうか。

視察団のメンバーは、その大半が三十代四十代のビジネスマン、ビジネスウーマンに見える。多くが手にした携帯で、会場やステージを撮影していた。

挨拶を終えた知事が拍手とともに降壇すると、河本が告げた。

「それでは、視察団の団長で大連光電有限公司のＣＥＯ、高文盛様にご挨拶をいただきたいと存じます」

四十代後半の長身の中国人が登壇した。値の張りそうなスーツの襟もとに金バッジが光っている。通訳に首をふり、マイクを手にした。

「モチムネの皆さま、知事閣下、市長閣下、そして関係者の皆さま、私は高文盛と申します」

淀みのない流暢（りゅうちょう）な日本語だった。川村は思わず高を見つめた。高の言葉を中国語に通訳する者はいない。どうやらあらかじめ、挨拶の内容は伝えられているようだ。

ひときわ大きな拍手とともに高が降壇すると、本郷市長による乾杯の発声になった。

乾杯がおこなわれると、会場の雰囲気が一気に和やかになった。

本郷市長は、元本郷中央警察署長だ。降壇した市長の周辺には県警本部長、刑事部長、警備部長、その他の者が集まり、さながら県警の幹部会議だがさすがに一課長の姿はない。

ステージのすぐ下で視察団の高団長とモチムネの社長が話している。かたわらに、車椅子に乗った高齢の女性がいた。女性が立ちあがり、高がその手を握る。和服を着け、白髪をきれいにセットしたその姿に、川村は見覚えがあった。モチムネ会長の用宗佐多子だ。佐江も気づいたのか、

「会長か？」

と川村に訊ねた。

「ええ」

「足が悪いのか」

「特に悪いとは聞いていませんが、高齢なので大事をとったのかもしれません」

車椅子のうしろに三十くらいの、あたりではひときわ若い男が立っている。用宗佐多子がふりかえり、高にその男を紹介した。男は名刺をさしだす。色が白く、華奢な体つきをしていた。

「おそらくあいつが東京支社長ですね」

川村は佐江にささやいた。

唇が赤く、鼻が秀でた貴族的な顔だちは、およそ薬物などに手をだしそうもない印象だった。笑みを浮かべ、上目づかいで高と話をしている。

「あれは？　もうひとり着物の女がいる」

佐江が訊ねた。用宗源三のかたわらに、和服姿の女が控えている。五十代の半ばくらいだ。白いスーツ姿の女と並んでいた。

「社長夫人だと思います。そして、白いスーツを着た女性が社長の妹の新井冴子です。夫は冬湖楼で殺された、兼田建設の社長でした」

「一族が集合しているというわけか」

高につづいて、源三と話すべく、次々と人が群がった。佐多子の周辺にも人だかりができている。

会場内には、うまそうな料理の匂いが漂っていた。寿司や鰻、天ぷらといった日本料理の他に、ローストビーフやパスタなどの洋食、北京ダックやフカヒレの煮込み、点心といった中国料理も並んでいて、すべて東京の有名店からケータリングさせたようだ。

「相当な金をかけていますね。モチムネの威信を見せつけているようです」

「モチムネにとっては見せ場なのだろうさ」

佐江も川村と同じように会場内を見回している。その目がある場所で止まった。

その直後、佐江は胸もとをおさえた。携帯をとりだす。着信のランプが点っていた。

「まさか。ここにいるのか」

携帯を耳にあてた佐江がいうのを聞いて、川村は目をみひらいた。

「佐江さん――」

佐江は会場の片隅を凝視している。川村はその視線の先を捜した。窓ぎわに黒いスーツを着けた女が立っている。眼鏡をかけ、携帯を耳にあてていた。見た覚えのある顔だが、どこで見たのか思いだせない。

が、次の瞬間、あっと声がでた。新宿のバー「展覧会の絵」にいた女だ。サンドイッチをひと切れ分けた。

佐江と目が合った。佐江は唇だけで「ジュウサン」と告げた。

信じられない。いったいどうやってこのパーティ会場に入りこんだのか。

まさかモチムネの幹部を襲うつもりなのか。そうなら阻止しなければならない。女に向かって歩みだそうとした川村の肩を佐江がおさえた。

「何のためにきたんだ？」

佐江が電話に訊ねている。

「出頭？　ここで出頭するのか？」

佐江の顔に驚きが浮かんだ。待て、と告げ、佐江は川村を見た。

「今、ここで出頭するそうだ」

川村は思わず目を閉じた。県警は完全に裏をかかれた。駅や高速道路で確保どころか、モチムネ本社のパーティ会場にまで、どうやってか阿部佳奈は入りこんでいる。

「俺の姿は見えるな。川村といっしょだ。これからそっちに近づく。三人で会場をでるんだ。騒ぎは起こすなよ」

佐江が電話に告げた。

川村は女を見つめていた。女は電話を耳にあてながら、会場内を移動していた。決して立ち止まることはしない。

佐江は電話をおろし、川村に頷いた。二人と女のあいだは人間だけでなく、料理や飲物のテーブルでへだてられている。

「お前はステージ側から回れ。俺は入口側から回る。はさみうちだ。ただし大声をだしたりはするな」

佐江は川村にささやいた。川村は頷き、人をかき分けて歩きだした。ステージの手前で刑事部長の高野に見られたような気がした。

無視はまずいと思ったが、挨拶をする余裕などなかった。県警幹部に背を向け、料理のテーブルを回りこむ。

女は窓ぎわをこちらに向かって移動していた。佐江はテーブルの向こうの端を回りこんだところだ。

女が立ち止まった。左腕にかけたハンドバッグに右手をさしこむ。川村は緊張した。

不意に誰かがぶつかってきて、川村はよろめいた。詫びとも罵声とも判断できない中国語を浴びせられる。

でっぷりと太ったスーツ姿の中国人が川村をにらみつけていた。手にシャンパングラスをもち、顔はまっ赤だ。襟もとに金のピンバッジがある。

中国人は川村の襟もとのバッジを指さし、中国語で何ごとかをいった。川村が無視して進もうとすると、腕をつかまれた。

中国語でまくしたてられる。視界の隅で女がこちらに目を向けているのがわかった。

「すみません、急いでいるもので」

川村はいい、中国人の腕をふりはらった。

そのときジャンパー姿の男が女の背後に立った。ジャンパーの中に右手をさし入れている。内側でつかんでいるのはナイフの柄のように見えた。

かたわらに立つ中国人が叫び声をあげ、あたりの人間がふりかえった。

その瞬間、ガッシャーンという音が響き渡った。ジャンパーの男が料理や皿の並んだテーブルに倒れこんだのだ。テーブルクロスをつかんだので、上に載っていた料理や皿、フォークなどがあたりにぶちまけられた。

男の右手にはナイフが握られている。佐江がそのかたわらに立っていた。

（下巻に続く）

この作品は二〇二〇年十一月小社より単行本として、二〇二二年八月幻冬舎ノベルスとして刊行されたものを文庫化にあたり二分冊したものです。

尚、この物語はフィクションであり、実在する人物・団体等とは一切関わりありません。

〈初出　茨城新聞、岩手日日新聞、大阪日日新聞、沖縄タイムス、紀伊民報、静岡新聞、デーリー東北、東京スポーツ、十勝毎日新聞、日本海新聞、函館新聞、ハワイ報知、福井新聞、北羽新報、宮崎日日新聞、山形新聞、山口新聞にて連載〉

冬の狩人（上）

大沢在昌

令和5年12月10日　初版発行

発行人——石原正康
編集人——高部真人
発行所——株式会社幻冬舎
〒151-0051東京都渋谷区千駄ヶ谷4-9-7
電話　03(5411)6222(営業)
　　　03(5411)6211(編集)
公式HP　https://www.gentosha.co.jp/
印刷・製本—中央精版印刷株式会社
装丁者——高橋雅之

幻冬舎文庫

ISBN978-4-344-43336-6　C0193　　お-4-9

この本に関するご意見・ご感想は、下記アンケートフォームからお寄せください。
https://www.gentosha.co.jp/e/